CW01572891

Gérard Oberlé

Nil rouge

Gallimard

Gérard Oberlé est bien connu des amateurs de livres anciens pour ses catalogues bibliographiques incomparables, consacrés à des sujets aussi variés que le roman noir, les fous littéraires, la poésie néo-latine ou la gastronomie.

Nil rouge est son premier roman.

Pour Kkaled, Hossam, Idriss
Armando D., Éric L.,
et l'ami Saïd T.

Afin que le plaisir ne ravît l'assistance
Les vieux Égyptiens présentaient au festin
Devant les conviés assis entre le vin
D'un squelette énervé la triste ressemblance.

Ainsi parmi les cris de ton esjouissance
Souvienne toy toujours de combien le destin
Te menace de prise, et quelle est à la fin
La fin de tes ébats sujets à décadence.

Tu ne sais en quel lieu, ni jusques à quel bout
Ny quand la mort t'attend ; attends-la donc partout
Et tiens que chaque jour est le jour redoutable

De ton département ; enfin tu connaîtras
Et verras arriver, quand moins tu l'attendras
Du jour tant espéré, la naissance agréable.

J.-B. CHASSIGNET
1594

Prologue

Le Monde du 16 janvier 1997 :

« Concert en hommage au pianiste Denis Versenna.
Un concert de musique de chambre sera donné Salle
Gaveau le samedi 18 janvier en hommage au pia-
niste Denis Versenna. Rappelons que ce talentueux
artiste, né à Fleurance dans le Gers en 1961, a dis-
paru depuis un an lors d'un séjour en Égypte. Les
enquêtes menées par la police égyptienne, ainsi que
celles diligentées en France n'ont à ce jour donné
aucun résultat. {…} »

Chassignet laissa tomber le journal. Il avait
souvent pensé à Denis Versenna depuis l'an-
nonce de sa disparition. Chaque fois qu'il s'at-
tardait dans sa bibliothèque, il se remémorait
leur première rencontre. C'était au cours d'une
vente publique à l'hôtel Drouot à Paris, au milieu des années 80. Le libraire Claude Guérin
dispersait ce jour-là une importante collection

de livres baroques français, des éditions origi-
nales de poètes, des livres d'emblèmes, des tré-
sors de littérature mystique. Bibliophile quasi
professionnel, Chassignet s'y était rendu avec
l'espoir d'enrichir de quelques pièces sa déjà
très riche collection de livres d'emblèmes. Il
avait bataillé pour obtenir le *Jardin d'hiver*, un
recueil poétique d'un certain Franeau de Les-
tocquoy, publié à Douai au début du XVIIe siècle,
livre superbe et rare qui chante en élégies les
plus belles variétés de fleurs de jardin. Il est orné
de planches gravées sur cuivre avec une exacti-
tude et une grâce stupéfiantes. Quand les marchands associés et dissociés eurent cessé de
monter les enchères contre lui, un élégant jeune
homme blond avait pris la relève obligeant Chassignet à débourser plus de trois fois le prix qu'il
comptait mettre pour l'acquérir. Pour les autres
livres illustrés il n'eut aucun rival aussi redoutable.

Chassignet avait attendu la seconde partie de
la vente, car parmi les ouvrages mis aux enchères
figurait un recueil qu'il convoitait depuis longtemps : *Le Mépris de la vie et consolation contre
la mort* publié à Besançon en 1594 par le poète baroque Jean-Baptiste Chassignet, son improbable
ancêtre. L'exemplaire revêtu d'un beau maro-

quin olive du XVIIe siècle était particulièrement séduisant, trop peut-être, car il excita de fortes convoitises.

Il avait évincé tour à tour un collectionneur suisse, la fille d'un poète surréaliste et le brillant libraire Pierre Serbe. Le marteau du commissaire-priseur allait enfin tomber lorsqu'une voix reprit les enchères derrière Chassignet :

— Quarante-six mille !

— Quarante-sept mille !

— Quarante-huit mille !

Chassignet s'était retourné. C'était le même amateur, celui qui venait de lui faire payer si cher le livre d'emblèmes.

À cinquante-trois mille francs, Chassignet avait renoncé, s'étant dit qu'il trouverait un jour un exemplaire moins prestigieux. Son rival lui ayant laissé le Franeau, il lui paraissait élégant de lui abandonner le poète mystique. Au coup de marteau l'expert avait conclu :

— Adjugé à monsieur Versenna ! Bravo maestro !

En quittant la salle, Chassignet avait jeté un regard sur l'adversaire. Ce dernier lui avait souri avec un léger hochement de tête. Chassignet s'était demandé pourquoi il n'avait pas reconnu tout de suite le virtuose. C'était d'autant plus étrange qu'il avait assisté à plusieurs de ses récitals. Mais il n'avait jamais approché le pianiste de si près. Versenna était beau, mais il avait toujours refusé que son portrait ornât les pochettes de ses enregistrements. Il ne fréquentait pas les soirées mondaines, n'était jamais apparu à la télévision et protégeait sa vie privée.

Après la vente Chassignet était allé saluer un vieil ami, un libraire de la rue Drouot qui partageait son goût pour le vin et la bonne chère.

— Salut Claude, viens dans mon bureau ! Un de mes clients m'a fait livrer une caisse de meursault. Alors, tu t'es emballé sur le livre de fleurs ? J'étais dans la salle.

Ils finissaient la bouteille des perrières, « les bouteilles c'est comme les femmes, clamait le libraire, faut pas les lâcher avant d'y avoir vu le cul », quand l'employé vint prévenir :

— Un client vous demande.

— La barbe, je suis occupé à me rincer avec mon vieux Chassignet. Envoie-le promener. Qui est-ce ?

— Denis Versenna !

— Alors c'est différent, on ouvrira une seconde bouteille.

— Tu connais Versenna ? s'était étonné Chassignet.

— Oui, il vient parfois me demander des poètes anciens et bien que ce ne soit pas ma spécialité, je lui ai déniché quelques pièces rares.

Le libraire avait fait les présentations.

— Je suis ravi de vous connaître, monsieur Chassignet, et tiens à vous remercier de m'avoir laissé ce livre. Est-ce que vous le convoitiez parce que vous vous intéressez à la poésie baroque, ou parce que vous portez le même nom ?

— Je ne collectionne pas les éditions anciennes des poètes. Les livres d'emblèmes et les danses macabres suffisent à mon bonheur. C'est l'homonymie qui m'avait attiré vers le Chassignet.

— Dans ce cas j'ai moins de remords de vous l'avoir soufflé. En dix ans j'ai pu rassembler un bel ensemble de recueils poétiques. Je possède les Auvray, Brébeuf, Sponde, Hopil, Du Bois Hus, Drelincourt, j'ai même les introuvables *Théorèmes spirituels* de Jean de La Ceppède. Aucun Malaval, Martial de Brives, Tristan et autres Racan ne m'a résisté. Mais jamais je n'aurais espéré pouvoir acquérir *Le Mépris de la vie*. Les trois seuls exemplaires connus sont à la Bibliothèque nationale, à l'Arsenal et à la bibliothèque de Besançon. Aucun autre n'est jamais apparu, ni dans les ventes ni sur les catalogues des marchands. J'étais prêt à donner une fortune pour cette rareté.

— Voilà qui est fait. Ce livre vous revient fort cher !

— Selon quels critères ? Songez que ce volume admirable ne coûte pas plus cher qu'une méchante voiture de série. Personne ne connaît Chassignet en dehors des amateurs qui ont pu découvrir quelques-uns de ses sonnets dans les anthologies. Mais son recueil en renferme quatre cent trente-quatre, soit plus de dix mille vers. Cette œuvre si personnelle, si lourde de souffrances voluptueuses, de désirs refoulés, de pourrissements et de rêves orientaux, cette monumentale danse macabre est l'œuvre d'un garçon de 23 ans qui la composa en six mois.

— Vous en parlez avec une ferveur et une fascination presque inquiétantes.

— Pardonnez-moi. C'est sans doute l'effet du meursault de notre ami.

— Votre Chassignet ne me plaît guère, messieurs ! s'était écrié le libraire. Je préfère les auteurs moins macabres et suis bien content de m'être spécialisé dans les livres de voyages et de gastronomie. La littérature « littérature » m'a toujours barbé, à l'école, au lycée et aujourd'hui encore dans le commerce de librairie. Je ne connais pas le tiers des poètes que vous avez cités tout à l'heure. Moi je lisais les aventures de Marco Polo, les récits de voyage de Cook, les romans de Jules Verne, *La Vie de Dodin-Bouffant* et la *Physiologie du goût* de Brillat-Savarin.

— C'est ce qui m'a toujours plu en toi. Tu as su cultiver depuis ton enfance une véritable sensibilité gastronomique. Aux festins des mots, aux habiles recettes des capiteux rhétoriqueurs, tu as préféré les épigrammes d'agneau, et le laurier-sauce à celui d'Apollon que l'on tressait au front des aèdes. Cela dit, laurier-sauce et laurier à faire les couronnes se coupent au même arbre, le *laurus-nobilis*, dit laurier des poètes.

— Tu peux parler sauces, toi. En vingt ans combien de lièvres à la Royale, combien de poulets au vinaigre, de timbales de ris de veau et de salmis de bécasses as-tu dévorés en ma compagnie ?

— Trop, beaucoup trop sans doute et je pense que nous allons bientôt devoir payer la facture de tous nos excès.

— À propos de laurier-sauce, avait dit alors Versenna, connaissez-vous la jolie anecdote concernant Chateaubriand, qui en avait religieusement cueilli une feuille à Florence sur le tombeau de Dante ? Son guide touristique lui donna alors ce conseil : « Votre Excellence devrait en prendre davantage. Rien n'assaisonne mieux le macaroni ! » Dante et les macaronis ! Encore un des innombrables avatars de la grande vanité, cette vanité universelle recensée par Chassignet dans son *Mépris de la vie*. Et puisque nous voici revenus à Chassignet, est-ce que votre famille est comme la sienne originaire de Franche-Comté ?

— Je l'ignore. Je dois avouer que je n'ai guère l'esprit dynastique. Je n'ai jamais fait de recherches sur l'histoire de ma famille. Mon grand-père directeur des Eaux et Forêts s'était fixé à la fin du siècle dernier entre Château-Chinon et Autun dans une ancienne propriété dont j'ai hérité. Mon père était d'Avallon. Mais j'ai peu fréquenté ma famille. À l'âge de 11 ans j'ai été « exilé » dans un collège suisse. J'ai été brouillé avec mon père pendant presque toute sa vie. Érudit austère il ne supportait pas mon mode de vie qu'il trouvait lamentable. C'était une sorte de janséniste morvandiau qui mangeait peu, ne buvait pas et pratiquait rigoureusement !

— Je pense sincèrement que tu n'es pas son fils. Est-ce que ta mère allait cueillir des champignons avec le garde-chasse ?

— Et toi, petit bonhomme rondouillard aux yeux myosotis, crois-tu que le grand frisé aux prunelles de charbon, cette espèce de footballeur qui te contemple du haut de son mètre quatre-vingt-dix est de toi ?

— À vrai dire je m'en fiche. Il est mon héritier et mon successeur à la librairie. Dans ses gènes il a l'amour de la table, du vin et des femmes, et un flair invraisemblable pour dénicher de bons livres. Ça me suffit amplement !

— Tu as plus de chance avec ton fils que le vieux Chassignet avec moi. Il aurait aimé que je fasse carrière dans l'Université et que je devienne comme lui, savant helléniste, père de famille et bon chrétien. Malheureusement, je ne lui ai jamais donné cette joie. L'Université m'est apparue comme une vieille dame, emmerdante, arrogante et pleine de rhumatismes. Entre 16 et 30 ans ma vie fut plutôt mouvementée, mes goûts et mes engagements faisaient horreur à mon père et nous ne nous sommes réconciliés qu'à la fin de sa vie lorsque j'ai commencé de publier mes travaux bibliographiques. Mon étude sur les anciennes danses macabres l'a intéressé. Il a insisté pour en corriger lui-même les épreuves. Il est mort peu après cette publication, en me léguant une fortune qu'il tenait de sa mère et qu'il n'avait pas même entamée, ainsi que la propriété du Morvan.

— C'est une version contemporaine de la parabole du fils prodigue, avait commenté Versenna. Me permettrez-vous de vous rendre visite un jour ? Me montrerez-vous votre bibliothèque ? La danse macabre est un thème qui me passionne.

Après ce meursault partagé ils avaient eu l'occasion de se rencontrer plusieurs fois, dans les ventes, chez Versenna rue de l'Université et lors de concerts. Le pianiste avait fait le voyage chez Chassignet par un beau jour d'automne. Dans les bois du Morvan ils avaient ramassé des cèpes et terminé la soirée dans la bibliothèque. Chassignet avait entraîné son invité dans les plus captieux labyrinthes de ses livres d'emblèmes. Mais Versenna s'était surtout complu à feuilleter les danses macabres.

Leur amour des livres anciens avait créé entre les deux hommes une complicité, une connivence fervente et discrète. Mais, pendant ce séjour, Chassignet avait été intrigué par l'air sombre du pianiste qui gardait ses distances comme étranger au monde dans lequel il évoluait.

Pourtant, ce soir-là, après le dîner aux cèpes arrosé d'un château margaux, Versenna s'était un peu détendu et avait interprété au piano *Le Cortège burlesque* et les *Valses* de Chabrier, comme pour se mettre à l'unisson de l'humeur joviale de son hôte. Ils avaient veillé tard. Chassignet que le vin mettait toujours en verve avait été très bavard. Il avait confié à Versenna que depuis quelques années les livres anciens le passionnaient beaucoup moins, que ceux qui en faisaient commerce lui déplaisaient de plus en plus et qu'il n'avait plus envie de se livrer à des travaux bibliographiques.

— Après mes recherches sur les danses macabres, j'ai publié un ouvrage sur les livres d'emblèmes. Mais tout cela ne m'amuse plus. Je jouis d'une certaine aisance et n'ayant jamais été obligé de travailler pour m'assurer la poularde de Bresse hebdomadaire, ni la truffe fraîche de janvier, je me suis occupé des livres parce que j'avais le goût d'en faire collection. Pendant plus de vingt ans je me suis amusé à les rassembler, à les étudier. Pour moi faire des recherches bibliographiques, c'est un peu jouer au détective. Entre les labyrinthes emblématiques construits par des illustrateurs baroques et les méandres d'une enquête réelle il n'y a guère de différence ! Je crois que j'aurais aimé le métier de détective.

— Quoi ! Vous auriez voulu être policier ?

— Non ! Bien sûr que non ! Mes convictions plutôt libertaires m'interdisent tout uniforme. Détective pour le plaisir, pour assouvir des curiosités personnelles. Toute ma vie je n'ai été au service que de ma curiosité.

— Drôle d'idée ! Pourquoi ne voyagez-vous pas ?

— J'ai beaucoup voyagé, pour des raisons très diverses, certaines avouables, d'autres moins. Avec l'âge je suis devenu paresseux. Je suis heureux ici, près des forêts, avec mon chien, ma cave, les bienveillantes taquineries de ma vieille

gouvernante, mes visites à Paris chez les librai-
res et les cuisiniers.

— Et les hivers ne sont pas trop rudes ? Quand
on écoute la météorologie on a l'impression que
le Morvan est une région polaire, avec du ver-
glas même en été.

— Les bulletins météorologiques sont aussi
stupides que les proverbes. Je hais les proverbes.
Il en est un qui dit : « Du Morvan ne vient ni
bon vent ni bonnes gens ! » Cela dit, depuis
quelques années j'ai pris l'habitude de passer
quelques semaines chaque hiver au soleil
d'Égypte. Connaissez-vous l'Égypte ?

Versenna n'était jamais allé en Égypte. Chassignet ce soir-là lui en avait parlé avec enthousiasme. Il lui avait surtout conseillé la Nubie, les
rives du Nil près d'Assouan. Il s'était même pro-
posé pour l'y conduire. Séduit, fasciné par le
jeune homme, il aurait aimé le connaître mieux,
transformer leur sympathie en amitié, mais ce
profond désir ne se réalisa jamais.

Ces souvenirs assenèrent à Chassignet un
sacré coup de chien. L'ami libraire était mort
depuis trois ans pour n'avoir pas voulu obéir aux
médecins qui le sommaient de renoncer à ses
folies gastronomiques.

Son cœur s'était définitivement arrêté alors
qu'il quittait un restaurant avec son fils. Et,

depuis, Versenna aussi avait disparu, en Nubie précisément.

Chassignet qui depuis un an se sentait concerné par ce mystère cafardait seul devant la cheminée. La gouvernante dormait, le chien boudait à la cuisine, un grand vent d'hiver malmenait les arbres du vieux parc.

C'était une heure tardive de pesante solitude qu'il valait mieux noyer. Quand il remonta de sa cave il avait décidé de ne pas assister au concert annoncé. Les commémorations et les mondanités déplaisaient à sa nature agreste. Ragaillardi par un richebourg 1945 — année de sa naissance, année de vins admirables, mais rarissimes car presque tout avait gelé —, il prit la décision de retourner en Haute-Égypte pour rechercher Versenna, ou du moins pour tenter de retrouver ses traces. Il se rappela leur conversation sur ses envies de jouer au détective, le beau sourire amusé du pianiste et la remarque de Mireille Laroque, sa gouvernante :

— Ce garçon est vraiment bien de sa personne, mais il est sombre et inquiétant comme la mort.

I

Chassignet atterrit à Assouan quelques jours avant la fin du ramadan. Il connaissait la cité nubienne depuis des années car chaque hiver il avait coutume de réchauffer ses os dans les jardins de l'hôtel Old Cataract où il occupait toujours la chambre 240. Elle est de taille modeste, mais se prolonge avec une confortable terrasse, meublée d'un lit, d'une table et de fauteuils.

C'est une des rares terrasses de l'hôtel à bénéficier d'une vue que rien ne dépare. Située dans l'aile qui doucement s'incurve vers l'ouest, elle évite le spectacle affligeant du New Cataract, lamentable tour blanche construite au sud des jardins pour recevoir des touristes venus par charters.

Les chasseurs, portiers, liftiers avaient accueilli Chassignet en vieil ami de la maison. Autre avantage de l'établissement : le personnel ne changeait jamais et Chassignet connaissait les prénoms d'une bonne quarantaine d'employés.

En dix ans il avait vu certains garçons de chambres — quelques-uns lui ayant fait quelques gâteries pendant les siestes lorsqu'ils avaient 20 ans — se marier et devenir pères de familles nombreuses.

Sa corpulence avait valu à Chassignet le sobriquet de *Jamouss*[1]. Gamal, un Nubien très noir de peau, l'avait appelé ainsi un soir où Chassignet avait flanqué hors d'un café un emmerdeur qui débitait des insanités sans savoir que Chassignet comprenait l'arabe.

— C'est toi qu'il faudrait appeler Jamouss, lui avait répliqué Chassignet, car les buffles ont la peau aussi noire que toi !

— Oui, comme les Jamouss j'ai la peau noire, mais mon âme est blanche comme le lait, alors que toi, *ya habibi*[2], ta peau est blanche, mais je crois que ton âme est noire !

— Sans doute as-tu raison, Gamal, blanches, noires, qu'importent les couleurs de nos âmes ou de nos peaux. Ta peau comme la mienne finira dans le trou… le plus tard possible, *inch'a Allah !*

Les habitués des cafés nubiens affectionnent ce genre de dialogues idiots où se mêlent la satire, la grossièreté, la métaphysique et les plai-

1. Buffle.
2. Mon cher.

santeries pseudo-poétiques. Chassignet était rapidement devenu un expert de ce type de pasquinades.

Quand un de ces amuseurs dopés au *karkadé*[1] accouche d'une bouffonnerie dont il est spécialement fier, il tend à son interlocuteur une paume bien ouverte et ce dernier tape dedans, pour le féliciter en complice, histoire de montrer qu'il a compris et apprécié la saillie. Tous deux alors éclatent de rire et rapidement le café entier devient théâtre de foire.

En période de ramadan il est impossible de trouver un café où fumer le *narghileh*[2] avant 6 heures du soir, et Chassignet est un fumeur frénétique de narghileh.

Chaque fois qu'il séjournait en Égypte il passait le plus clair de son temps à fumer dans le même café, un endroit ignoré des touristes et où se retrouvent toute la journée les amis nubiens du quartier qui viennent y jouer aux dominos ou au jacquet.

Fumer le narghileh est un plaisir philosophique. Chassignet aimait le goût à la fois suave et âcre du pur tabac mélangé au jus de canne à sucre que l'on fume ici et qui s'appelle *Massl*

1. Boisson locale infusée à base de fleurs d'hibiscus. Elle est totalement inoffensive.
2. Pipe à eau utilisée en Afrique du Nord, Turquie et Moyen-Orient. En Égypte elle est appelée *Chicha*.

Saloum. Il avait goûté d'autres mélanges au Caire, certains parfumés à la pomme ou au miel tels qu'on les prépare au célèbre café Fischaoui ou dans les jardins du Hilton Nil. Mais le *Saloum* avait sa préférence.

Rien n'est plus propice aux rêveries que d'aspirer en connaisseur la fumée aromatisée que rafraîchit l'eau qu'elle traverse et qui ne vient en bouche qu'après un parcours très alambiqué dans un savant assemblage de tuyaux de cuivre et de maroquin. Cet art de subtile jouissance ne peut être que le fruit d'une civilisation ancienne et raffinée. Delacroix n'y fut pas insensible qui a placé au premier plan de son *Intérieur de harem* un somptueux narghileh. Il semblerait hélas que les modernes sultanes aient depuis longtemps abandonné la pipe à eau pour la cigarette. Pour Chassignet fumer le narghileh c'était pousser le sybaritisme à un degré de perfection idéal.

Il lui fallut donc trouver un « clandé » où les fumeurs moins stricts avec le Coran pouvaient s'adonner à leur vice. Ce ne fut pas difficile. Dans une ruelle parallèle à la corniche, au milieu d'un terrain vague encombré de maisons en démolition, on lui indiqua un petit bouge, cabane de fortune, faite de planches, de tôles et de carton cloués aux fenêtres.

Chassignet pénétra dans ce coupe-gorge en se demandant ce qu'il trouverait à l'intérieur. Il fut surpris d'y découvrir cinq vénérables vieillards barbus et enturbannés en train de fumer avec la plus grande ferveur. C'était le genre d'hommes qu'on s'attendrait à voir accroupis dans une mosquée à réciter des versets coraniques.

« Si les transgresseurs ressemblent à des imams ! » se dit Chassignet. Dans un coin obscur, trois jeunes militaires pouilleux, pieds nus dans des chaussures hors d'âge buvaient du thé en fumant des cigarettes. Quand Chassignet s'installa sur une chaise crasseuse et demanda thé et narghileh ils le fixèrent avec curiosité. Sans doute se demandaient-ils comment un Européen avait pu découvrir ce repaire. Il leur souhaita le bonjour en arabe et tous lui répondirent avec la plus grande cordialité. Cette complicité avec des pécheurs mit Chassignet de bonne humeur. Il se dit que son séjour commençait bien. Un vieux chat, plus sale que le torchon avec lequel des garagistes essuient leurs mains graisseuses, vint se frotter contre ses jambes. N'importe quel Occidental aurait été rebuté par la saleté qui régnait là, mais Chassignet considérait que tout cela était une sorte de patine vénérable comme celle qui habille les reliures de vélin ivoire des vieux livres.

Cette référence bibliophilique lui rappela le but de son séjour et il se demanda comment il allait détecter une piste qui le mènerait à

Versenna. Mais il était un peu tôt pour penser à son enquête.

Chassignet voulait d'abord reprendre ses habitudes égyptiennes, jouir de la chaleur qui règne ici en février, dévorer quelques pigeons grillés au restaurant Panorama et surtout retrouver Meryem la petite veuve soudanaise de l'île Éléphantine.

La semaine précédente alors qu'il faisait glacial dans le Morvan, il avait rêvé d'elle et s'était réveillé trempé, avec une érection si douloureuse qu'il avait pris une douche froide à 3 heures du matin. Incapable de se rendormir il avait quitté son lit, était descendu dans sa cuisine pour finir en même temps un roman de Tabucchi, un reste de poularde aux truffes et une bouteille de silex, admirable vin de Pouilly façonné par un vigneron nivernais avec lequel il s'était lié d'amitié.

Son vieux bouledogue anglais, qui dormait là, n'avait pas daigné se lever en le voyant à pareille heure. Il s'était contenté de soulever une de ses grosses paupières plissées et de pousser un soupir de résignation amusée. Ralph est un chien de l'espèce philosophe. Il existe des chiens chasseurs, des chiens qui passent leur existence à garder des troupeaux. Il en est d'autres plus mordeurs qui circulent dans les cités accompagnés d'inquiétants crétins au crâne rasé, d'autres encore du type chiens de décoration qui consolent certaines veuves ou qui, dérisoires, encombrent les bras de comédiens vieillissants. Et puis il y a des chiens philosophes. En général, ils ne se réclament ni de l'école stoïque ni même — ô bizarrerie étymologique — de l'école cynique ou sceptique. La plupart de ces subtiles bêtes font partie du grand troupeau hédoniste. Tout comme son maître, Ralph a toujours affiché un souverain mépris pour le sport auquel il préfère les plaisirs de la gamelle, les siestes prolongées et les expéditions lubriques.

Chassignet fixa tristement son verre de thé glauque. Son palais et ses narines furent soudainement cajolés par la saveur et le délicat parfum du pouilly fumé. Chassignet avait une mémoire olfactive ahurissante. Rien qu'en évoquant les noms de certains crus et plats il pouvait en percevoir les fumets et les capiteuses fragrances. Il se dit qu'un jour, quand son foie et son Diafoirus lui interdiraient à jamais le vin et la bonne chère, il lui resterait tant de souvenirs qu'il pourrait se remémorer les salmis de bécasses, les ambroisies de volaille, les margaux et les chambertins, les tourtes de groin de porc et les jambons du pays basque pendant dix bonnes années.

« Drôle d'endroit pour penser à la viande de cochon ! » se dit-il.

À chacun de ses retours d'Égypte, Mireille Laroque sa cuisinière lui préparait un repas de charcutier. « Monsieur a dû être en manque ! »

Chassignet, qui était l'un des membres fondateurs de la très vénérable Confrérie du fromage de tête, ne comprenait pas comment les disciples du Prophète pouvaient se priver d'un des plus sublimes cadeaux que le créateur ait offerts à l'espèce humaine : le cochon et ses œuvres complètes de chair, de boudins, de jambons, de saucisses, de rillettes, de pâtés, de rognons, d'andouilles, d'oreilles, de museaux et de pieds.

Sainte Menehould, saint Nectaire, saint Joseph, saint Romain, saint Estèphe, saint Amour et saint Florentin étaient les seuls patrons de *La Légende dorée* que Chassignet vénérait idoinement depuis qu'il avait quitté le collège de jésuites où pendant cinq années il avait été élevé avec pour toute pitance des hosties blêmes, de fades ragoûts, des haricots trop cuits et de l'eau du robinet.

Perdu dans ses divagations gastronomiques et bachiques, il achevait son troisième narghileh lorsque apparut dans l'embrasure une figure locale qu'il côtoyait depuis des années, son vieil ami Claudio, un citoyen romain fixé en Égypte voilà quinze ans. Amoureux de la Nubie et du peuple nubien, Claudio, qui parlait couramment arabe, avait aussi appris la langue nubienne, celle usitée dans les villages des environs d'Assouan, car il existe plusieurs dialectes nubiens.

— Chassignet ! Tu es en Égypte ! Je ne suis pas trop étonné de te voir dans un lieu pareil, vieux mécréant !

— Salut Claudio, j'en ai autant à ton service. Alors ? Toujours aussi accro du narghileh, du bel canto et des garçons à la peau brune ?

— Toujours ! Ma femme qui vient de Rome chaque hiver tente à chaque fois de me ramener en Italie, mais je ne suis pas encore mûr pour la retraite. Depuis deux ans le tourisme a repris et mon bateau est toujours plein.

Claudio dirigeait un luxueux navire qui promène le touriste entre Assouan et Louqsor.

Chassignet le soupçonnait d'user de sa position de grand chef pour exercer un droit de cuissage sur le personnel nubien qu'il embauchait selon des critères esthétiques et voluptueux plutôt que sur de véritables compétences professionnelles.

Toute une petite armée de frimousses agréables papillonnait autour de lui nuit et jour et Claudio se comportait comme un pacha dans son harem, avec ses favoris, ses répudiés et toutes les intrigues de palais que ce mode de recrutement suscite en permanence.

— Que viens-tu faire, Chassignet ? Prendre le soleil ? Faire une cure de désintoxication alcoolique ? Te vautrer dans le stupre local ?

— Un peu tout ça, sauf la désintoxication. J'espère que tu as quelques réserves de barolo sur ta nef de fous, car ça va me manquer. Les vins de l'Old Cataract sont infects. Mais je viens aussi pour autre chose.

— Allons bon ! Et pour quoi donc ?

— Je t'expliquerai plus tard. Cela va te paraître assez loufoque, mais si je ne te dis rien maintenant tu vas me harceler comme une vieille commère. Alors en deux mots voici : pour des raisons personnelles j'ai décidé de jouer au détective.

— Bonté divine ! Quelle est cette lubie ? À ton âge, avec ta surcharge pondérale ! Et pourquoi exercer ce nouveau métier en Égypte ? Jusqu'à présent tu savais t'occuper agréablement pendant tes séjours à Assouan.

— Comme je viens de le dire, c'est personnel. Sans être vraiment concerné, c'est au sujet d'une affaire qui me tient à cœur.

— Quelle affaire, monsieur Marlowe ? Ou plutôt monsieur Poirot, un vrai habitué du Nil celui-là. Une conspiration islamiste ? Un adultère à l'Old Cataract ? Un meurtre crapuleux ?

— Rien de tout cela, ou du moins je l'espère. As-tu entendu parler de Denis Versenna ?

— Oui, bien entendu ! Le pianiste français qui a disparu. On en a beaucoup parlé ici l'an dernier. Il a séjourné à Assouan, dans le même hôtel que toi. Il y a eu enquête, mais la police n'a rien découvert. Tu crois qu'il est toujours ici ? Une fugue définitive ?

— Qui sait ? Mais je ne le pense pas. Je suis persuadé qu'il est mort, ici ou ailleurs. Quelqu'un doit connaître la vérité, je suis venu ici pour ça. J'ai connu et même un peu fréquenté Versenna. Comme moi il avait le goût des livres anciens.

— Je l'ai vu, dit Claudio, il est resté ici plusieurs mois, mais je ne lui ai jamais parlé. Il ne fréquentait personne, se promenait souvent seul le soir sur la corniche. Je l'ai vu aussi dans des felouques avant le coucher du soleil. Si tu veux, je peux me renseigner pour savoir s'il avait des amis.

Claudio proposa à Chassignet de le présenter au chef de la police du tourisme d'Assouan, un homme qui pourrait sans doute lui fournir beaucoup d'informations. Ce personnage mystérieux était un de ses amis personnels. Mais Chassignet refusa net et lui interdit de lui révéler quoi que ce soit sur le réel but de sa visite. Les policiers égyptiens ne sont pas des enfants de chœur. Le service d'ordre est redoutable, omniprésent et ses pratiques sont effrayantes. Il y a quelques années, à l'époque où les intégristes d'Assiout avaient un peu flingué le touriste, il y avait eu une terrible répression.

Le café favori de Chassignet est situé sur la corniche, à deux pas de l'imposant immeuble de police. Il n'oublierait jamais ce soir-là. C'était vers 7 heures du soir. Avec quelques amis il fumait à la terrasse du café lorsque plusieurs fourgons avaient déversé une trentaine d'individus raflés à la sortie de la mosquée, que les cognes poussaient menottés dans l'immeuble.

Chassignet fixait la tour, lorsque du septième étage une fenêtre se brisa. Un homme se fracassa quarante mètres plus bas sur le trottoir.

Ses amis lui apprirent que ce pauvre type n'était pas le premier à sauter ainsi dans le vide. Le suicide plutôt que l'interrogatoire ? Suicide sans doute, mais peut-être aussi liquidation sans procès. Seul le Tout-Puissant, Grand et Miséricordieux connaît la réponse.

— *Yallah*[1] *!* dit Claudio.

— Oui, allons-y, on se retrouvera ce soir après le déjeuner du ramadan, vers 8 heures au café habituel. Il ouvre à 6 heures n'est-ce pas ? D'ici là j'ai quelques visites d'amitié à faire.

— Meryem ? Tu l'as programmée dès aujourd'hui ?

Claudio connaissait la liaison de Chassignet avec la Soudanaise.

1. Allons-y !

— Est-ce qu'elle sait que tu es là ? Tu devrais la prévenir plutôt que de la surprendre. On ne sait jamais, vieux Jamouss ! Elle a des soupirants, la belle ! Dans ce pays où l'on ne plaisante ni avec la virginité des fillettes ni avec le mariage et l'adultère, une veuve jeune, disponible et, paraît-il, experte, c'est très recherché.

— Ne t'inquiète pas de cela ! Je ne suis pas jaloux. En gastronome averti, j'ai toujours préféré partager un plat exquis avec des amis, plutôt que de manger de la merde tout seul, comme certains sinistres bigots que je connais.

— Je suis ravi que tu n'aies pas changé, vieux salopard. À plus tard ! Je vais rejoindre ma volière.

Ils se quittèrent devant le quai où était amarré le *Kasr el-Nil*. Claudio s'engagea sur la passerelle en chantant un air de *La Traviata* et en agitant ses deux bras comme une diva qui s'éloigne sans se retourner.

Chassignet décida de rentrer à pied. Il passa devant un vieil hôtel sordide que la police avait fermé depuis deux ans, après la découverte dans une chambre du cadavre mutilé d'une femme venue du Soudan. On avait trouvé la tête sous le lit, le corps dans un coin et les quatre membres éparpillés.

Tout au long de la corniche il dut repousser sans cesse les felouquiers, les chauffeurs de taxi et les cochers de calèche qui lui proposaient leurs services.

— *Yes Sir, one hour, very cheap !*

Comme Chassignet leur répondait en arabe en disant qu'il avait affaire ailleurs, ils n'insistaient pas.

À peine rentré dans sa chambre, le valet frappa à la porte. Il embrassa Chassignet, *Jamouss habibi*, et lui demanda des nouvelles de France. Chassignet lui donna un large pourboire. Le garçon se toucha le sexe en regardant Chassignet et lui demanda s'il devait rester un peu avec lui.

— Non, va-t'en, j'ai un autre programme pour aujourd'hui !

II

Au coucher du soleil Chassignet fit la traversée jusqu'à l'île Éléphantine. Autour de l'embarcadère presque rien n'avait changé depuis son dernier séjour. Un bâtiment rose tout neuf, pastiche mauresque dont le kitsch tient de la pâtisserie californienne plus que de l'ordre architectural islamique, s'élevait maintenant devant le terrain de sport.

Quelques adolescents avec tee-shirts fluorescents et casquettes à l'envers, à la mode des jeunes Noirs américains, tapaient dans un ballon. L'un d'eux apprit à Chassignet que c'était le nouveau gymnase, qu'ils devaient, comme bien des constructions de l'île, écoles et dispensaires, à la munificence de la Bégum.

Cette généreuse princesse occupe de temps en temps une résidence sise sur l'autre rive du Nil, au pied de la colline où se dresse le mausolée de l'Agha Khan.

Dans la venelle qui mène à la maison de

Meryem, Chassignet salua quelques villageois qui l'avaient reconnu. À peine eut-il frappé les trois coups lents suivis d'autres coups plus brefs que la porte s'ouvrit sur une silhouette sombre drapée et voilée de noir.

— Jamouss ! Te voici enfin ! Bienvenue dans ta maison !

— Tu savais que j'étais revenu ?

— Oui, un garçon de l'île t'a vu à l'aéroport lorsque tu es arrivé la nuit dernière. Toute la matinée je me suis préparée pour toi, j'espère que tu es en forme.

Chassignet tenait la forme d'un âne en rut et lorsqu'il passa la main sous les voiles de Meryem, il comprit qu'en effet elle l'attendait. Elle était nue et parfaitement épilée. Chassignet n'avait connu qu'un seul cul aussi bandatif, celui d'une Jamaïquaine qui vendait des livres à Londres et qui parfois lui permettait d'user temporairement de son anatomie : globes fermes et frais d'ébène et de soie, muqueuses de corail tendre, replis ambrés, petit lé musqué qui moutonne entre les deux merveilles et que Chassignet savait apprécier en gourmet et parfois en glouton.

À un bibliothécaire de Boston, piètre enjambeur et petit estomac — style cuisine allégée et crampette politiquement correcte une fois par mois — qui avait un jour blâmé ses fringales colorées, Chassignet avait lancé : « Si tu n'as jamais couché avec une femme noire, c'est un peu comme si toute ta vie tu n'avais mangé que du poulet froid ! »

Il connaissait Meryem depuis six ans. Un chauffeur de taxi quelque peu maquereau l'avait conduit chez elle quand Chassignet lui eut expliqué qu'il était las de peloter les valets de chambre et les felouquiers. Il lui avait notifié cela de façon imagée en évoquant des figues et des bananes. En ce temps-là Meryem était peu expérimentée. Émigrée du Soudan comme beaucoup d'autres malheureuses pour lesquelles l'Égypte semble terre promise, elle avait connu quelques semaines d'amour avec un jeune menuisier d'Assouan. Un camion fou la fit veuve peu après leur mariage et, excepté quelques aventures sans caresses, sans tendresse avec des violeurs, Meryem n'avait jamais retrouvé d'amant. Avec Chassignet elle apprit le plaisir, la volupté et même la chiennerie.

Le Morvandiau n'était pas un explorateur de la carte du Tendre. Il aimait à brûler les étapes et détestait toutes les sauces sentimentales avec lesquelles la plupart des individus enrobent le sexe. Qu'il s'agisse de femmes ou de garçons il confessait volontiers : « Je suis pratiquant, mais non-croyant ! » Un certain nombre de ses partenaires avaient été très choqués par le cynisme avec lequel il refusait un second rendez-vous.

Sa devise était : « *Non bis in eadem* (ou *eodem*)[1]. » En réalité, Chassignet était affligé d'une infirmité : il ne pouvait associer amour et sexualité. Il ne s'accouplait pas avec des gens qu'il aimait et ne couchait qu'avec les gens qu'il ne voyait jamais hors du lit.

Ses véritables élans de tendresse, sa fidélité, il les réservait aux amis les plus proches, à ses chiens, à ses livres et à certains vignerons qui sont — il faut bien que cela soit dit — les seuls véritables bienfaiteurs de l'humanité.

Quand il se réveilla Meryem était enroulée autour d'une de ses jambes, et sa tête de laine douce reposait sur son ventre. Elle tenait le sexe de Chassignet dans sa main, avec la tendresse des enfants qui caressent un oiseau.

Son corps luisant avait un parfum très particulier, un curieux mélange de sueur âcre et de *khoumra*, un onguent que les femmes des tribus nubiennes préparent elles-mêmes à base de santal, d'encens divers et qu'elles font cuire avec du sucre.

Chassignet se dégagea doucement, embrassa les seins, le sexe et les paupières de sa vaillante camarade et glissa sous l'oreiller un large bracelet et quelques milliers de livres égyptiennes.

En regagnant l'embarcadère il supposa qu'avec

1. Jamais deux fois dans la (ou le) même.

cet argent Meryem pourrait vivre confortablement pendant un an, alors que pour lui cela ne représentait que trois dîners à deux chez un Ducasse, Meneau ou autre Lucas-Carton. L'obscénité de cette référence lui ficha une boule dans le ventre. Il se sentait honteux, malhonnête, coupable d'abus de pouvoir.

« Mon père m'aurait traité de négrier, il m'aurait maudit pour de bon, se dit-il, car coucher avec une femme du tiers-monde n'était-ce pas une des formes les plus abjectes et les plus hypocrites du néo-colonialisme ? »

Chassignet songea avec répugnance à toutes ces blondes décolorées, bronzées toute l'année qui viennent par charters se faire reluire dans les felouques par de vigoureux Noirs qu'elles appellent « mon chéri », ce qui ne les empêche nullement de voter en France pour un parti raciste. Depuis des années il assistait ici au spectacle pitoyable des misères sexuelles occidentales venant se repaître de foutaisons à bon marché, mais refusait, un peu hypocritement, de se compter parmi ce troupeau sous prétexte qu'il n'était pas affamé. Il se voulait gastronome et le gastronome est un amateur qui n'a jamais faim. Il ne mange pas pour se nourrir, il s'amuse à diversifier son superflu. Il ignore l'angoisse des malheureux qui chaque jour se posent cette terrible question : « Comment vais-je me nourrir demain ? » Son seul problème, c'est la variété du menu. Les appétits sexuels de Chassignet relevaient des mêmes interrogations. Depuis très longtemps il avait définitivement fraternisé avec le cochon qui sommeillait en lui, au lieu de l'endormir à coups d'eau bénite, de génuflexions et macérations, de pilules familiales, de placebo conjugal, d'exercices sportifs ou de succès professionnels, comme c'est le cas pour la majorité des mâles occidentaux qu'ils soient baptisés, circoncis ou élevés à la bouillie marxiste.

C'est donc avec une conscience apaisée que Chassignet traversa le Nil. Un vent glacial soufflait du nord. Sur l'autre rive, tout au long de la corniche, les cafés étaient ouverts, les habitués fumaient le narghileh après leur petit déjeuner de ramadan mais Chassignet se dit qu'une bouteille de vin conviendrait mieux à ses sens apaisés qu'un thé de carême.

Sur son bateau rutilant, Claudio le reçut, drapé d'une *galabiyah* de soie verte gansée de broderies.

— *Allora*, Chass, tu es allé faire le taureau au village ? Tu es rassuré sur ta vigueur de quinquagénaire ? Toute ta vie tu marcheras donc derrière ta queue, espèce de vieux cochon ?

— Mon ami, je préfère suivre ma queue et mes couilles, même si celles-ci m'emmènent

46

parfois sur des sentiers buissonniers. À toi seul, tu incarnes ici la grandeur et la décadence de l'empire romain.

— Mon cher Chassignet, il y a bien longtemps que l'empire romain ne laisse plus de traces en Égypte, même si sur ce navire je me comporte un peu en César. Dans quelques années le Nil aura vécu. Hérodote a écrit que ce fleuve était un présent des dieux. Regarde-le aujourd'hui, détruit par le barrage, souillé de pollutions, et bientôt coupé en deux par le projet insensé du gouvernement égyptien qui a décidé de creuser une nouvelle vallée qu'il colonisera en déplaçant des millions d'individus de Haute-Égypte vers ces terres nouvelles, tout cela pour juguler la menace des islamistes qui sont très concentrés ici.

— Cette menace est réelle ? On n'en parle plus beaucoup.

— Elle est réelle, même si pour des raisons touristiques on essaie d'étouffer toutes les affaires. La semaine dernière un commando de frères musulmans a massacré dix coptes et un policier à Al Mynia. J'ai connu ici les plus belles années, mais je crois que l'avenir sera moins réjouissant. Tout s'est dégradé après la guerre du Golfe et la situation s'aggrave d'année en année. Quand je cesserai mes activités, après plus de vingt années de vie ici, je pense que je quitterai l'Égypte sans regret.

Claudio apporta à Chassignet une prestigieuse bouteille de barolo de la Réserve Einaudi, un vin élaboré dans le domaine Tenuta Mirafiori, l'ancienne propriété de la maîtresse du roi d'Italie épousée de façon morganatique après la mort de la reine.

La République nationalisa le domaine et le vin est aujourd'hui réservé à un club très fermé d'œnophiles choisis dans le gratin.

— Dis-moi, Chassignet, est-ce que dans ton existence de célibataire égoïste et fêtard, il y a quelque chose… un idéal, une valeur, comment dire, quelque chose de sacré qui soit plus important pour toi que la boisson ?

— La barbe, Claudio ! Tu n'es qu'une espèce de vieille bigote romaine et papiste — un pléonasme ! De quoi te mêles-tu ? Mais je vais te choquer encore un peu plus. Sache que mon amour du vin est né très précisément à l'église, ou plutôt à la chapelle du collège où j'ai grandi. Comme tous les enfants de chœur, j'avais pris l'habitude de préempter ma part de vin de messe. Une éducation bachique commencée si jeune, à jeun et dès l'aube, ça vous marque pour la vie. Le vin de messe c'était un vin assez doux. De cette époque date sans doute mon goût pour les vins sucrés, les rivesaltes ambrés, les sauternes triomphants, les vendanges tardives, les sélections de grains nobles qui sentent la rose et le litchi, les muscats de Corse...

— Ajoute le malvoisie des îles Lipari, ne sois pas si nationaliste !

— Figure-toi qu'avec quelques garnements du collège nous avions fondé une société secrète de « goûteurs de vin de messe » que nous avions baptisée *Rotary Club*, car il fallait roter après chaque dégustation en cachette de la calotte pendant qu'elle revêtait les ornements...

— Qu'est-ce que la *calotte* ?

— C'est un terme anticlérical pour désigner les prêtres ! Tu ne connais pas notre épatante devise : « À bas la calotte ! »

— Chassignet, je suis né près du Vatican et mon père était l'homme de loi conseiller du Saint-Siège !

— Mon pauvre Claudio, quelle hérédité chargée ! Donc, pour en revenir aux calottes de mon enfance fribourgeoise, nous attendions le moment où le prêtre avait la tête dans la chasuble, deux secondes à peine pour déguster, et en avant pour l'*introibo ad altare* !

— Je ne t'imagine pas en enfant de chœur !

— Je ne suis plus un enfant de chœur depuis très longtemps ! Trente-cinq années ont suivi ma « déloyolisation ».

— Ta quoi ?

— Loyola, tu sais bien, les jésuites ! Ce néologisme cocasse n'est d'ailleurs pas entièrement de moi. Dans un livre érotique du XVIIIᵉ siècle, j'ai trouvé le verbe « loyoliser » avec le sens de « sodomiser ».

— Ce qui me plaît surtout chez toi, c'est ton côté « cochon érudit » !

— Ben voyons ! Éducation jésuite, humanisme, grec, latin ! Loyolisation et autres divertissements philosophiques, et puis, comme je te disais, trente-cinq années de contre-poison, de déloyolisation. Me voici devenu un peu plus qu'un athée impeccable, car en gastronome aux goûts variés, je ne déteste pas de bouffer du curé, avec modération sans doute, mais avec un appétit certain. Sais-tu que dans le Morvan je perpétue une vieille tradition de libres-penseurs. Chaque vendredi saint j'organise un copieux festin d'athées où nous partageons une montagne de viandes rouges, de boudins, de jambonneaux.

— C'est idiot et blasphématoire ! C'est puéril et indigne de toi. Je trouve que le blasphème est un divertissement pour intellectuels petits-bourgeois. J'espère que ça te passera, ça ne colle pas très bien avec tes prétentions libertaires.

— Tu as sans doute raison, mais que veux-tu ? Je suis un grand enfant. Chacun a les cours de récréation qu'il peut, ou qu'il mérite. C'est mon côté lamentable ! Pardonne-moi, toi qui es bon chrétien et n'oublie pas dans tes prières la brebis égarée…

— Lamentable ? C'est sans doute plus compliqué. Tes divagations anticléricales matamoresques, je crains que tu ne trouves ça viril ! Tu ne confondrais pas un peu « à bas les calottes » et « à bas les culottes » ?

— C'est pareil ! Une profession de foi en entraîne une autre ! Mais on va s'arrêter là, tu ne crois pas ? Je vais emporter ton barolo pour sécher la bouteille sur la terrasse de ma chambre. Je ne connais pas de façon plus aimable de finir une journée.

Le soleil se couchait derrière les montagnes de sable de l'autre rive et la terrasse de l'Old Cataract était bondée comme tous les soirs. Assister sur cette terrasse au coucher de soleil est une coutume quasi sacrée, un spectacle qu'ont goûté depuis près d'un siècle des rois, des présidents, des artistes, des écrivains. L'avant-dernier chef d'État français sacrifia lui-même à ce rite.

Un orchestre traditionnel joue ici tous les soirs de vieux airs populaires, des mélopées d'Oum Khalsoum et de Mohamed Abd el-Wahab.

Chassignet déboucha le barolo. Aux luths et aux flûtes des musiciens se mêlèrent les appels à la prière de tous les muezzins d'Assouan et des villages de l'autre rive. Au bord du Nil se rassemblèrent des dizaines d'ibis blancs, tous s'installèrent sur le même arbre pour y passer la nuit. Quand ils eurent trouvé leur position définitive, l'arbre semblait couvert de fruits blêmes, ou de candélabres pour la célébration d'un rite antique d'avant l'islam, voire d'avant les pharaons.

Un jeune garçon avait rejoint l'orchestre. D'une voix flûtée, une voix sans sexe, mélodieuse, douce et puissante à la fois, il modula : *Aghar min nasmati el ganoub* ; Chassignet reconnut une célèbre complainte d'Oum Khalsoum qui dit : « Je suis jaloux du zéphyr qui caresse ton visage, ô bien-aimé… Je jalouse le soleil à l'aube et celui du crépuscule… » Chassignet s'essayait à traduire les fragments de cette mélopée, qui lui parvenait par bribes : « … Que ne suis-je un oiseau enfiévré sifflant des chants mélodieux… Que ne suis-je un ruisseau courant entre les fleurs et les parfums ? »

Les chansons d'amour tristes arrosées de vin avaient la propriété d'attendrir Chassignet jusqu'aux larmes. Quand il était seul, il ne détestait pas parfois se baigner, comme la dernière des midinettes, dans un sentimentalisme de guimauve. Délices du vague à l'âme, mélancolie de poivrot, romantisme de pacotille, pessimisme de glandeur trop gâté. Chassignet, affalé dans son fauteuil, contemplait le Nil. Un début d'ivresse fit éclore en lui des considérations d'un lyrisme quelque peu exalté : « Chère et douce déesse Isis, se dit-il, quelle bise malsaine souffle aujourd'hui sur ton fleuve sacré ? Pauvre Nil ! Dans vingt ans, le tourisme industriel, cette pollution infernale, aura totalement détruit les paysages mythologiques. Chaque année le béton envahit davantage les rivages et les îles où depuis des siècles les pauvres Nubiens ont vécu, aimé, souffert et travaillé. De grands hôtels internationaux comme l'Oberoi avec sa tour imbécile qui ressemble à un poste de contrôle aérien, et maintenant l'Isis Hôtel, prétentieux palace à l'américaine construit sur une île que j'ai connue vierge et où je venais me baigner il y a quelques années, autant de sacrilèges ! Et nous ne sommes qu'au début de cette folie bétonneuse. Claudio n'a pas tort, dans quelques années Assouan sera définitivement défiguré, mais qu'importe ! Tous ceux qui auront connu les derniers beaux jours seront morts et les nouveaux troupeaux de touristes n'auront pas à regretter ce qu'ils n'ont jamais pu admirer. Les traditions seront perdues et seule demeurera la pacotille folklorique, avatar vulgaire de coutumes magnifiques, pièges pour abonnés de clubs de vacances. Galabiyahs synthétiques, felouques de plastique, garçons dansant pour le bakchich ! MacDonald se chargera de nourrir tout ce beau monde avec des hamburgers à la sauce pseudo-orientale. Disneyland, Isisland, qu'importe le label, les malfaiteurs auront le dessus, comme en Polynésie, en Thaïlande, aux Caraïbes, comme bientôt sans doute en Nouvelle-Calédonie. Le premier indigène d'une civilisation traditionnelle qui se met à danser devant un touriste compromet à jamais l'âme et l'avenir de son peuple ! »

« Et les missionnaires ! » Difficile d'échapper aux vieilles colères ! Au cinquième verre de barolo, le spleen se changea en rogne : « Ah ! les missionnaires ! Ces autres grands malfaiteurs ! Pendant des siècles ils se seront acharnés à mettre à genoux de fiers guerriers et à obliger les filles de la nature à se couvrir de vêtements ! Missionnaires de tous poils, qu'ils roulent pour le pape ou la Réforme, pour le Prophète ou le Sanhédrin, qu'ils témoignent pour Jéhova ou qu'ils mormonent près du Lac Salé, le mal est fait ! Les Polynésiennes, les Kanaks, les Martiniquaises sont vêtues comme des bigotes en attendant que de nouveaux vautours s'abattent sur elles pour les dévêtir derechef et les forcer à exécuter la danse du ventre devant d'ignobles brochettes de porcs convoyés par les agences de voyages ! »

Chassignet qui avait traîné sur bien des îles

se dit qu'un jour il ne quitterait plus jamais son vieux parc du Morvan. Il broyait du noir chaque fois qu'il buvait seul et pensait alors à toute la tristesse du monde, à l'hypocrisie de ce qu'on appelle progrès, cette grande baliverne universelle. Sans être un *laudator temporis acti*, il se dit qu'il était sans doute né trop tard.

Le jeune rossignol de la terrasse chanta alors : *Ha assibak les-zaman…* une longue plainte du grand Abd el-Wahab Mohamed : « … Je te livre au temps sans larmes et sans plaintes, tu endureras le remords, tu connaîtras la douleur (…) Avec le temps tu goûteras aux flammes de la solitude, elles te châtieront pour moi… » Chassignet se demanda si Versenna aimait aussi cette musique, s'il venait rêver sur la terrasse comme lui. Les larmes aux yeux, il vida le reste de barolo puis clopina vers son lit comme un dinosaure égaré dans notre siècle.

III

À son réveil Chassignet tituba vers la salle de bains en toussant et crachant. Il avait abusé du narghileh dès le premier jour sans laisser à sa gorge, habituée au double corona cubain, le temps de s'accoutumer à ce nouveau régime. Le barolo lui avait permis de dormir d'une traite et sans rêver. Sa performante érection matinale le fit sourire quand il passa devant le miroir. Il pensa avec humour à tous les ménages que ce type de bandaison non provoquée par le désir avait permis de sauver du naufrage conjugal. Ça aussi c'était à comptabiliser parmi les grandes balivernes de l'humanité ! Qu'importe l'ivresse pourvu qu'on ait le flacon !

Le petit déjeuner servi dans la grande salle 1902 de l'Old Cataract est impressionnant. Un buffet de près de quinze mètres croule sous des monceaux de viandes froides, de fromages, de fruits, de crèmes et de crêpes. Des chauffe-plats proposent des boulettes de viande, des omelettes, des tomates chaudes, du foie de veau, des saucisses de bœuf. Suivent quinze variétés de pains, gâteaux, salades de légumes et de fruits, des jus d'orange, de pamplemousse, et le *karkadé*, boisson locale cramoisie faite avec une infusion des fleurs d'une variété particulière d'hibiscus.

Chassignet passa une heure agréable dans cette salle, saluant les serveurs, offrant quelques revues pornographiques à ceux qu'il connaissait depuis longtemps et qu'il savait friands de ce genre de publications introuvables en Égypte. En leur apportant ces images Chassignet considérait qu'il faisait œuvre pédagogique car un peu d'éducation sexuelle des maris ne pouvait que profiter aux femmes.

C'est donc avec le sentiment du devoir accompli qu'il s'engagea dans l'allée fleurie qui mène vers les grilles de l'hôtel.

Comme c'était son jour de bonté et qu'en période de ramadan il est conseillé de faire une bonne action quotidienne, il accepta de monter dans une calèche au lieu de faire à pied le kilomètre qui le séparait du café clandestin. Le cocher fut ravi des dix livres que Chassignet lui tendit : « Ce ne sera pas ainsi tous les jours ! » lui précisa-t-il.

Dans le bouge il retrouva les mêmes vieillards et les mêmes militaires qui le saluèrent d'un air complice. Sans qu'il eût à les demander on lui apporta le narghileh et un verre de thé. Hassouna, un jeune felouquier borgne qui avait parfois promené Chassignet sur le Nil, sortit d'un recoin obscur et vint l'embrasser.

— Dis-moi, Hassouna, est-ce que tu as connu un Français qui s'appelait Denis, trente-cinq ans, bel homme, distingué ? Il a séjourné plusieurs mois à Assouan l'an dernier.

— C'est l'homme qui a disparu ? Je l'ai rencontré plusieurs fois au début de son séjour. La première semaine, il faisait du tourisme mais soudain on a cessé de le voir dans les lieux publics. Je pense qu'il avait rencontré quelqu'un qui ne l'a plus quitté. Je ne sais rien de plus. L'an dernier nous étions tous très occupés, parce que la saison fut bonne.

Claudio arriva, suivi par trois adolescents en galabiyah. Claudio n'entrait pas dans un lieu, il faisait son entrée comme un acteur au théâtre et même dans ce taudis on n'aurait pas été surpris d'entendre des applaudissements.

— *Ave*, Claudio, les pêcheurs te saluent ! Tu promènes ta meute ?

— Tu ne crois pas si bien dire ! Ces trois-là ce sont de petits chiens qui me collent au train dès que je descends à quai, comme si je me promenais avec des saucisses dans les poches !

— La rançon du succès, mon cher ! Tu fais tourner les têtes, tu brises les cœurs !

— Ne dis pas de bêtises, écoute plutôt les nouvelles.

— Quelles nouvelles ? J'espère que tu n'as pas commis d'indiscrétion. Je t'avais interdit de…

— Mais non ! Ce que je vais t'apprendre n'a nécessité ni interrogatoire ni bakchich ! Il m'a suffi de bavarder en toute innocence avec un chauffeur de taxi.

— Qu'as-tu découvert ?

— Une piste pour toi ! Ton Versenna s'était lié d'amitié avec un chauffeur nubien, un certain Abou Bakr ! Il paraît qu'il est cultivé et qu'il parle bien le français. Tâche de le rencontrer, mais vas-y *piano* ! C'est un type secret, paraît-il, qui ne fréquente pas les cafés de la ville. Il travaille pour une agence et rentre chez lui dès que sa journée est terminée.

— Où habite-t-il ?

— Je l'ignore. Je crois qu'il vient d'un village. Je ne sais au juste quelles étaient ses relations avec Versenna. Ne lui en parle pas tout de suite, il pourrait se cabrer.

— Claudio, je ne suis pas idiot !

— Apprivoise-le, il se livrera peut-être. Tu as un sérieux atout : ta nationalité. On m'a dit qu'Abou Bakr était fou de la France, et que sa voiture était pleine de livres français !

— Un amateur de littérature ? Ton histoire me paraît extravagante ! Un blédard nubien qui non seulement parle français mais qui dans son taxi se farcit Racine, Balzac, Musset, à moins que ce ne soit Proust ou Marguerite Duras, ou encore le père Bourdaloue et Maurice Dekobra !

— Qui sont ces deux-là ?

— Deux grands mystiques. Non je plaisante ! Quoi qu'il en soit, s'il aime le style romantique, Versenna a dû lui plaire. Son physique troublant, ses yeux verts, son métier de pianiste, tout cela est assez romanesque.

Chassignet avoua à Claudio qu'il avait lui-même subi le charme du personnage :

— Un mélange de mâle assurance et de suavité féminine.

— Je vois — conclut Claudio — un dieu androgyne assez viril pour plaire aux hommes, et assez féminin pour séduire les dames, c'est bien ça ?

— C'est exactement ça !

— Tu m'en bouches un coin, Chassignet. Je ne t'imagine pas du tout troublé par quelqu'un de ce genre. Est-ce que derrière ton physique de bûcheron se cacherait une âme sensible ? Tu es bien trop noceur et cynique !

— Fous-moi la paix, espèce de vieille diva sentimentale ! Je ne suis pas cynique. Comme tous les ivrognes, je ne vieillis pas très bien. Il faut bien que je compense toute cette décrépitude par une quotidienne pratique d'humour, d'ironie et d'autodérision. Tu me préférerais en grosse vache larmoyante qui parle de son foie, de sa goutte et de ses rhumatismes ?

— Non *caro*, reste comme tu es, espèce de vieux bouddha bourguignon ! Je t'aime comme tu es : Parsifal dans un corps de garçon boucher !

— *Basta !* Dis-moi comment contacter Abou Bakr.

IV

Sur les conseils de Claudio, Chassignet s'adressa à l'agence Eastmar. Il demanda une voiture avec un chauffeur maîtrisant le français, qui soit discret, bien élevé, ni trop jeune ni trop vieux et disponible quelques semaines pour visiter différents sites de Haute-Égypte. Le directeur de l'agence, un homme rond et jovial venu du Caire, lui annonça que cette perle existait et qu'il serait enchanté de la mettre à sa disposition.

— Il s'appelle Abou Bakr et sera ravi de rencontrer un Français cultivé, monsieur Chassignet. Je l'enverrai à votre hôtel demain matin. J'espère que vous vous entendrez, car je n'en ai pas d'autres à vous fournir. Ici peu de chauffeurs parlent le français.

Après les deux thés rituels pris dans le bureau d'Eastmar, Chassignet traîna dans les rues de la ville. Le ramadan avait pris fin la veille. Trois jours de fête pour tous les musulmans commençaient alors. Les parcs, les rues, les cafés étaient encombrés d'une foule en liesse. Le trottoir de la corniche était envahi de marchands ambulants. Les parents achetaient des vêtements neufs aux enfants, tout le monde s'embrassait et se souhaitait une bonne année : *Koul sana oua anta tayeb*[1] !

Chassignet se fraya difficilement un chemin à travers la foule bariolée, les hordes d'enfants endimanchés, les pétards, les petits ânes des marchands, les vendeurs de fruits et de graines, les porteurs d'eau et de jus de fruits.

À la terrasse de son café il dut embrasser des dizaines de museaux et faire ses vœux aux Gamal, Hassan, Saïd, Hassouna, Nasr, Zacharia, Mustafa et autres Khaled et Idriss…

Il faisait beau et chaud, les bouteilles de narghilehs avaient été nettoyées à fond, les verres aussi semblaient plus nets. Le vent froid du nord s'était apaisé. Chassignet se dit que tout était bien, qu'il avait trouvé une piste sérieuse dans l'affaire Versenna, que dans la soirée il s'octroierait une partie spécialement perforante avec Meryem. Il est des jours bénis où tout fonctionne comme une montre suisse, où tout ce qui vous entoure semble s'être concerté pour

1. Que toute l'année te soit faste !

vous être agréable, des jours où même votre foie cesse de vous tourmenter.

Chassignet qui était sur la pente descendante de son existence savait apprécier le charme de ces moments-là.

Après une sieste dans sa chambre il appela Mireille Laroque pour prendre des nouvelles de son cher vieux bouledogue.

— Bonjour Laroque, comment va Ralph aujourd'hui ?

— Espèce de malotru ! Tu pourrais commencer par me demander comment je vais moi !

— Mimi, ma chère Mimi ! Je sais que vous allez bien, vous allez toujours bien. Quand j'avais quatre ans vous alliez bien, quand j'en ai eu quatorze vous alliez encore bien, vous alliez toujours bien pour mes vingt-quatre ans, mes trente-quatre ans, les quarante-quatre ans, et bientôt mes cinquante-quatre ans. Vous avez enterré mon grand-père, ma mère, mon père et sans doute vous m'enterrerez !

— C'est toi qui m'enterreras, sale gosse ! Ton chien boude, comme chaque fois que tu es parti. Toutes les nuits il pisse dans la cuisine et me regarde d'un air narquois quand je suis obligée de nettoyer le matin. Il passe ses journées au lit et ne court même plus après les chats.

— Mimi, achetez un poulet, faites-le cuire au bouillon et servez-le-lui désossé avec du riz et des carottes. Et gratifiez-le d'un camembert tous les deux jours. Aucune de ses crises de mauvaise humeur n'a jamais résisté au poulet et au fromage. Passez-lui aussi des disques de chanteurs italiens larmoyants, il adore ça, vous savez, ceux que vous appelez les chanteurs-tampax. Claudio Baglioni par exemple.

— C'est cela ! Je crois surtout que tu devrais songer à le marier.

— Allons Laroque ! Vous savez bien qu'il n'aime que vous, depuis que vous lui avez permis de se branler contre votre jambe.

— Chass, tu n'es qu'un cochon, tu n'as pas honte de parler ainsi à une femme de soixante-quinze ans ! Et le respect ? Je n'ai jamais laissé ce chien...

— Ne niez pas ! Il s'en est vanté auprès de moi.

— Je vois que tu ne changes pas. Aucun risque que le soleil d'Égypte n'aggrave ton cas, ta tête est fêlée depuis longtemps !

— Laroque, j'embrasse vos deux grosses joues charolaises. Je vous aime. À bientôt.

L'évocation de Mimi Laroque forniquant avec le bouledogue enchanta Chassignet alors qu'il prenait une douche anté-copulatoire très tonique.

Une heure plus tard Meryem lui prouva qu'elle connaissait la partition. À chaque visite

Chassignet s'efforçait de lui enseigner une nouveauté à inscrire à son cahier de spécialités.

Mais il lui était de plus en plus difficile de faire dans l'inédit. Meryem était devenue une vraie professionnelle et Chassignet fut plus que surpris quand elle le gratifia d'une figure de rhétorique cularde inconnue du vieux routier.

— D'où tiens-tu cette nouveauté acrobatique ?

— C'est mon secret, Chassignet ! C'est ta maison ici, mais pendant toute l'année tu es absent et je ne veux pas jouer la double veuve. Je ne te raconterai jamais ce que je fais, tu es trop vicieux.

— Tu es la reine, l'impératrice des *Echaramit*[1], tu es la grande prostituée de l'Apocalypse ! Le démon femelle inventé par les dieux pour perdre les hommes avec ton double couloir de Satan ! Combien en as-tu démolis depuis mon dernier séjour ? Combien sont restés sur ce carreau, grande fripeuse de moelle ?

Chassignet l'embrassa en riant, mais la jeune femme le repoussa violemment.

— Qu'est-ce que tu as ? Je ne peux plus plaisanter avec toi ? Tu es fâchée, ma déesse d'ébène ?

Chassignet fut extrêmement surpris par ce brutal revirement. Meryem montrait un visage

1. Pluriel de *charmouta* : putain.

sombre, angoissé. Elle lui lança un regard glacial, ivre de rage contenue.

— Non ça va Chassignet ! Mais va-t'en maintenant, va-t'en immédiatement, je suis fatiguée.

Chassignet n'insista pas.

« Ça commence bien, se dit-il en quittant la
maison. Hier je débarque et on me donne du
"Ahlan oua Sahlan[1] dans *ta* maison !" Aujour-
d'hui on me fiche dehors. Décidément, les
femmes sont des êtres imprévisibles et compli-
qués. Je n'aurais jamais imaginé que cette
frangine-là me ferait une scène. Quelle époque !
Si les odalisques et les sauterelles d'édredon
deviennent aussi assommantes que les bour-
geoises, je finirai par adopter définitivement les
coutumes des phoques. »

Il se surprit à fredonner : « Sur les aimables
banquises, les phoques ont des mœurs exquises ! » en improvisant sur l'air des « Remparts
de Séville » de *Carmen*.

Dans les ruelles mal éclairées du village où
Chassignet trébuchait au milieu des pierres et
des ordures, il se demanda ce qui avait pu blesser la jeune femme.

Cette nuit-là Chassignet ne put s'endormir.
Le regard de Meryem le hanta longtemps et
pour gâcher définitivement une journée qui

1. Bienvenue.

avait si bien commencé un moustique particulièrement agressif transforma la nuit en cauchemar.

Les insomnies sont fécondes de rêveries incohérentes, de divagations fumeuses et d'improvisations bizarres : il crut voir Versenna récitant des vers du poète Chassignet dans la voiture de ce chauffeur nubien, le libraire de la rue Drouot buvant du meursault dans une felouque, Meryem nue jouant du piano dans un salon privé de l'Old Cataract. Cette vision d'une bizarre indécence le fit soudain penser au père Sanchez, un jésuite espagnol du XVIe siècle qui avait consacré toute son existence à classifier les divers types de manquements au sixième commandement de Dieu, celui qui concerne la luxure et que Chassignet avait le plus abondamment transgressé.

À l'usage des confesseurs de son temps, Sanchez avait pondu un traité de plusieurs milliers de pages, intitulé *De matrimonio*, dans lequel il envisageait tous les cas de figure du péché de chair. Chaque édition était fortement augmentée car les missionnaires qui accompagnaient les premiers colons vers les terres inconnues lui soumettaient par écrit les cas les plus extravagants de copulations avec des sauvages ou des négresses à plateaux, des figures de sodomie avec des tapirs, des partouzes caraïbes et autres béatitudes coloniales. Le père Sanchez avait réponse à tout et son traité est sans doute le plus grand catalogue de stupre jamais établi. Il n'en existe aucune traduction. Seuls les latinistes ont le privilège de pêcher là de quoi améliorer leurs copulations ordinaires.

Pour ne pas s'exciter lui-même pendant la rédaction de son ouvrage, Sanchez avait coutume d'écrire cul nu sur un banc de marbre glacé, sans que ses pieds touchassent terre. Quand la place devenait trop chaude, il s'asseyait sur le banc d'en face. « Mon cul sur la commode » en quelque sorte, quatre siècles avant la chanson. Les spécialités de Meryem auraient sans doute exigé un appendice spécial de cent pages dans le traité de l'infatigable confesseur.

Cet interlude érotico-érudit ne suffit pas à calmer les nerfs de Chassignet. Il prit une douche glacée et se plongea jusqu'à l'aube dans un roman de l'Américain Harrison qui raconte l'équipée de trois jeunes paumés traversant les États-Unis pour faire sauter un barrage. Jim Harrison est un auteur revigorant et Chassignet s'est toujours senti en fraternité avec certains de ses personnages. Gens de gueule et de cul, leurs gosiers et leurs braguettes ne chôment jamais. Chassignet se sentait du même bord que ces ardents caractères, mais cette connivence avec le poète du Michigan se concrétisait aussi à travers des signes de reconnaissance plus discrets, plus rares, une émotivité particulière, une acuité des sens, une sorte d'instinct sylvatique, agreste, que seules possèdent les créatures qui ont grandi à l'ombre des arbres. Un de ces signes de reconnaissance était la fascination exercée sur le poète par les corneilles et les corbeaux. Chassignet aussi aimait le grand corbeau, ce Goliath intelligent et courageux, plus que toutes les autres bêtes de plume ou de poil qui vivent sur ses arpents morvandiaux. Le corbeau n'est pas un oiseau pour petites espèces profanes, il ne convient qu'aux âmes trempées, aux artistes de l'altitude, du sacré. Il est le philosophe qui vagabonde avec le compagnon errant dans le célèbre lied de Schubert, celui qui chemine et converse avec les deux voyageurs de Pasolini, il est le visiteur solennel d'Edgar Poe, le fatidique monsieur *Nevermore*, le « cher corbeau délicieux » de Rimbaud qui s'abat après les longs angélus sur les froides prairies. La Fontaine n'a rien compris. D'ailleurs les fabulistes sont des benêts et des emmerdeurs. Quelle idée ridicule et bourgeoise que de terminer les histoires avec des morales !

Vers 5 heures du matin, laissant les trois routards du *Good day to die* se débrouiller avec leurs problèmes dans un motel du Montana, Chassignet trouva enfin le sommeil.

Il fut réveillé brutalement par le téléphone.

— On vous demande à la réception, Monsieur.

— Qui est-ce ? Quelle heure est-il ?

— Il est 9 heures. C'est votre chauffeur.

— Quel chauffeur ? s'enquit Chassignet, complètement embrumé.

— Un certain Abou Bakr.

— Ah oui, pas de problème. Demandez-lui de patienter un peu.

C'était pire qu'un matin de gueule de bois. « Je veux bien casquer pour mes soirées de biture, se dit-il, mais une punition après une nuit blanche, ça c'est déloyal ! » Le crâne, les gencives, les yeux, les épaules, le dos, les genoux, la gorge et les tripes, tout s'était détraqué en même temps. Il fut soulagé de retrouver au fond de son sac la petite pharmacie que lui avait préparée le jeune Bruant. Ce médecin de campagne était un curieux paroissien. Il avait la spécialité, plutôt rare chez l'espèce diafoireuse, d'incarner à la fois le mal et le remède, un peu comme les paquets de cigarettes qui comportent une mention vous avertissant des dangers du tabac ! Podagre à trente ans, le docteur Olivier Bruant avait immédiatement plu à Chassignet. « Un médecin qui souffre de la goutte dès la fin de ses études ne saurait être mauvais ! La goutte vaut bien d'autres diplômes », avait-il

71

pensé. Peu après l'installation de ce toubib bachique dans le bourg voisin, Chassignet en avait fait son praticien ordinaire. À chaque consultation ils vidaient quelques flacons et se questionnaient mutuellement sur leurs analyses respectives. Ils comparaient leurs taux de triglycérides et de gamma, se déclaraient tour à tour « champion du trimestre », et quand les résultats prenaient un tour alarmant ils décidaient ensemble de se mettre au régime.

Chassignet avala une dizaine de pilules et fit couler un jet d'eau froide sur sa nuque.

V

Chassignet, qui n'était pas insensible à la plastique masculine, fut frappé par l'élégance d'un
personnage assis sur le grand fauteuil rotonde
du hall. Il n'avait pas le type égyptien, ni nubien,
mais faisait penser aux peuples du sud de la
mer Rouge, aux guerriers du désert, minces et
vigoureux chefs de caravanes qui traversent le
Soudan et la Mauritanie, princes de contes da-
tant d'avant la découverte du pétrole.

Chassignet s'était discrètement arrêté près de
la porte de la terrasse pour pouvoir l'observer.
L'homme portait une galabiyah outremer avec
un col brodé d'or. Il était assis, la tête un peu
renversée en arrière. Sa peau était d'un noir
intense et mat, sans aucun reflet. Son visage fin,
émacié, avait des pommettes saillantes, un front
haut, un beau nez légèrement busqué, une
bouche bien dessinée que sertissaient une barbe
et une moustache légères comme les duvets des
mentons adolescents. Mais ce qui frappait

surtout, c'étaient des yeux qui remontaient vers les tempes comme ceux du buste de Néfertiti au musée du Caire.

Il émanait de ce garçon une dignité, une grâce qui dénotaient un grand caractère, un mélange fascinant de suavité et de force.

Au comptoir de la réception, la jeune femme de service parlait avec un homme rondouillet d'une trentaine d'années, vêtu d'un costume bleu et d'une impeccable chemise blanche. Chassignet lui tendit la main.

— Bonjour, excusez mon retard, mais j'ai très mal dormi et je ne suis pas encore tout à fait réveillé. Vous êtes Abou Bakr le chauffeur ?

L'homme qui ne comprenait rien expliqua qu'il ne parlait qu'anglais, lorsqu'une voix de basse très mélodieuse s'éleva derrière Chassignet.

— Je vous demande pardon, Monsieur, mais je pense que c'est moi que vous cherchez. Je m'appelle Abou Bakr.

Avant même de se retourner, Chassignet avait compris d'où venait cette voix.

Devant toute incarnation de la beauté Chassignet se trouvait mal à l'aise, comme paralysé par une sorte de peur, de malaise quasi religieux. Il n'avait jamais essayé d'analyser ce vertige, qui peut-être datait de ses études classiques. Dans les épopées grecques et latines les poètes célèbrent parfois des êtres d'une beauté et d'une grâce divines qui passent devant les simples mortels figés et stupéfaits.

Surmontant son trouble il bafouilla quelques banalités et proposa à Abou Bakr de le suivre sur la terrasse pour bavarder tranquillement. Ils s'installèrent à l'écart des touristes et Chassignet demanda du thé en arabe.

— Vous parlez arabe, monsieur Chassignet ?

— Suffisamment pour me faire comprendre pour les choses de la vie ordinaire, pas assez pour lire le Coran dans le texte.

— Vous lisez le Coran en français ?

— Je l'ai lu, comme j'ai lu la Bible, le *Mahābhārata*, les Pères de l'Église chrétienne, Confucius, *La Légende dorée* de Voragine et les *Pensées* de Marc Aurèle.

Avec cet étalage d'érudition Chassignet tentait vaguement de reprendre le dessus, de se débarrasser de son malaise et peut-être d'impressionner un peu son interlocuteur.

Mais le jeune homme ne broncha pas. Il se contenta de sourire discrètement. Son sourire n'était pas narquois, c'était un sourire gentil, sympathique, naturel.

Chassignet, qui se laissait volontiers aller à la forfanterie, se dit qu'il avait devant lui une intelligence subtile, lucide et qu'il lui faudrait laisser au vestiaire les hâbleries et les plaisanteries qui plaisaient aux felouquiers, chauffeurs et autres guides côtoyés dans son café favori. Ici on jouait dans un autre registre, il fallait exécuter cette partition *pianissimo*, plus délicatement qu'une sonate pour flûte de Debussy.

Chassignet exprima son désir de faire quelques voyages, vers Abou Simbel, vers les temples de Kom-Ombo et Edfou, visiter Louqsor et, si possible, passer quelques journées dans les oasis situées à l'ouest d'Assiout.

— Ce n'est sans doute pas votre premier séjour en Égypte ? Vous parlez l'arabe égyptien et non l'arabe des anciens territoires français d'Afrique du Nord. Vous n'avez jamais visité Louqsor et Abou Simbel ?

Décidément, rien ne lui échappait.

— Je connais presque toute l'Égypte, mais j'aurais plaisir à revoir certains sites avec vous. En revanche je n'ai jamais visité les oasis. Est-ce que vous connaissez ce coin du désert ?

— Oui, j'y suis allé l'an dernier avec un ami français.

Chassignet réprima son envie de demander s'il s'agissait de Versenna. Il jouait sur du velours. Ce type était un félin, une sorte de grand chat d'Abyssinie, apparemment calme mais certainement très méfiant.

Abou Bakr lui demanda s'il aimait les poètes français. Il cita Rimbaud, Apollinaire, évoqua la

« voie lactée, sœur lumineuse des blancs ruisseaux de Chanaan ».

Chassignet, qui depuis des années fréquentait plus les poètes que les romanciers, fut ravi du tour que prenait leur conversation. Il allait pouvoir, en gravissant le Parnasse français, créer avec Abou Bakr une sorte d'intimité grâce à laquelle ce dernier se livrerait peut-être. « Sauvé par les Muses ! » se dit-il.

Le jeune homme s'exprimait dans un français classique d'une surprenante pureté, avec parfois des expressions un peu précieuses. C'est fréquent chez certains étrangers francophiles dont le langage n'est pas souillé par les néologismes, les clichés à la mode et les raccourcis en usage chez nous.

Son français était une langue écrite, la langue des beaux auteurs. Chassignet se rappela une jeune fille de Moscou qui n'avait jamais connu la France mais s'exprimait comme Germaine de Staël. Devant le Nublen, Chassignet éprouva la même émotion, songeant à ces hommes de tous les pays qui aux XVIIIe et XIXe siècles chérissaient notre langue, lisaient les nouveautés venues de Paris, et passaient des soirées à discuter de Voltaire, Montesquieu, Balzac ou Stendhal, aux Argentins qui publiaient des revues littéraires françaises, aux poètes égyptiens qui écrivaient en français, aux étudiants brésiliens qui avaient fait un triomphe à Sarah Bernhardt. Big Brother a réussi en trente ans à détruire tout cela. En Égypte, comme dans beaucoup de pays qui vivent de commerce et de tourisme, la jeunesse apprend l'anglais en buvant du Coca-Cola, et les gens de la rue jactent un sabir américano-arabe qui exige quelques semaines d'exercice pour être compris des visiteurs.

Dans cette Babel invraisemblable, Abou Bakr apparaissait comme un prodige, une merveille anachronique. Chassignet en oublia son mal de tête, ses crampes d'estomac s'étaient apaisées, et toutes ses articulations si douloureuses au réveil semblaient huilées et graissées à neuf. Ils parlaient depuis plus de deux heures.

— Si nous allions déjeuner quelque part ?

— Je mange très peu, mais je vous accompagnerai volontiers.

Chassignet fréquentait plusieurs restaurants d'Assouan. Le soir il aimait le Masri, lieu typiquement égyptien, où des familles entières s'égayent devant des monceaux de victuailles qui arrivent sur la table sans même qu'on ait à les demander. Il venait là engloutir des plats roboratifs lorsqu'il s'était dépensé avec Meryem en fin d'après-midi.

Pour déjeuner il préférait le Panorama situé sur la corniche au bord du Nil. Les fausses vignes, qui dans la grande pergola se mêlent aux chèvrefeuilles, aux jasmins, aux bougainvillées blanches et rouges, y font une ombre douce et parfumée. C'est un endroit calme, très bien tenu, où l'on ne sert pas d'alcool. Le personnel n'a pas changé depuis dix ans.

Le serveur, Idriss, un Égyptien venu d'Alexandrie, portant au front l'hématome caractéristique des gens pieux qui depuis longtemps se cognent la tête par terre pendant les prières, s'avança vers eux.

— Bonjour *Mouallim*[1], lui dit Chassignet.

— Bienvenue, Claude, tu viens déguster ton pigeon quotidien ?

— Eh oui, Idriss, un de plus ! J'ai mangé ici de quoi repeupler en pigeons plusieurs départements français.

Abou Bakr demanda pourquoi Chassignet avait appelé Idriss *Mouallim*.

— Pendant mes trois premiers séjours il m'a servi de professeur d'arabe. Il venait tous les matins à l'Old Cataract pour m'enseigner le langage populaire. Il est francophile comme vous et je lui envoie régulièrement des nouveautés parues en France. Il s'est fait installer une antenne parabolique pour recevoir des chaînes françaises.

1. Professeur.

Abou Bakr se contenta d'un pain rond souf-flé et d'une assiette de purée d'aubergine assai-sonnée, appelée ici *Babaganouch*.

Alors que ses compatriotes se jettent généra-lement sur la nourriture comme des chiens affa-més, Abou Bakr mangeait lentement.

D'un air détaché, il prenait entre trois doigts un petit feuillet de ce pain, le pliait dans la sauce sans tacher ses doigts et le portait à sa bouche avec la grâce d'un joueur de luth sorti d'un conte ancien. Il avait des mains superbes, impec-cablement soignées et portait à un doigt une bague d'argent avec pour seul ornement un listel de lapis-lazuli. L'élégance de ce garçon n'avait rien d'efféminé. La beauté de ses atti-tudes et de ses gestes était naturelle, sans affé-terie, une beauté animale, primitive, quelque chose de fauve, de souple et de fort.

— Ainsi vous consommez tous les jours un pigeon grillé ? Sans doute connaissez-vous la superstition locale au sujet de cet aliment que l'on réserve en général aux jeunes mariés. Les Égyptiens, mais surtout les Nubiens, pensent que la chair du pigeon augmente la puissance sexuelle des hommes. Si cela est exact, votre régime doit faire de vous un surhomme.

— Foutaises ! Je mange les pigeons pour des raisons purement gastronomiques. Je préfère leur chair à celles du bœuf, du poulet chimique ou du mouton non dégraissé que l'on sert en Égypte. Pour douze francs, Idriss me comble avec ce que certains grands chefs français appellent *pigeon à la crapaudine* et qu'ils facturent au tarif mensuel d'un instituteur égyptien. Mais vous, êtes-vous superstitieux ?

— Non, monsieur Chassignet, je ne suis absolument pas superstitieux. Vous l'ignorez, mais je ne lis pas que les poètes. Je me suis intéressé à votre Siècle des Lumières, j'ai un peu fréquenté vos philosophes.

— Eh bien ! Pour un musulman, voilà qui est inattendu. « Écrasons, l'infâme ! » au pays du Très Miséricordieux !

— Je ne suis pas, ou plutôt je ne suis plus un bon musulman, je ne fréquente pas les mosquées, et ne fais pas la prière. C'est un peu « la faute à Voltaire » comme disait Gavroche.

— Jeune homme, vos confidences m'amènent à vous demander de nous tutoyer, solidarité de libres-penseurs oblige.

Chassignet fut agréablement surpris par la simplicité avec laquelle Abou Bakr accepta. Il avait le sentiment d'avoir pendant ce déjeuner sauté quelques étapes. Les poètes d'abord, et maintenant les Encyclopédistes !

— Si je comprends bien, Claude, tu n'es pas non plus un chrétien exemplaire ?

— Eh non ! Je me range plutôt chez les païens. Les humains auraient dû rester polythéistes. Les religions monothéistes sont une invention calamiteuse. Elles ont engendré les prêtres, l'idée du péché, le fanatisme, les sectes, les martyrs, les missionnaires et les psychanalystes.

» Crucifixions, macérations, génuflexions, hypocrisie et difficulté d'être. Moi je préfère les fastes de Bacchus, Aphrodite et Apollon, des dieux familiers que les hommes ont créés à leur image. Cela dit, je ne me nourris pas seulement de pigeons et de vin, j'ai aussi besoin de nourritures spirituelles. Je vis dans le sacré, mais c'est moi qui décide, pour mon seul usage, de ce qui est sacré ou pas. Et ce sont plutôt des critères esthétiques qui président à ce choix.

— Tu as beaucoup de chance, Claude, de pouvoir vivre ainsi. Tu en as sans doute les moyens. Tous les esthètes n'ont hélas pas la liberté de choisir les lieux où ils vivent, ni les gens qu'ils fréquentent ni les musiques qu'ils entendent.

Chassignet se dit que c'était son jour de chance. C'est Abou Bakr lui-même qui avait parlé de musique.

— Tu aimes la musique ? Tu en joues ?

— Je ne joue d'aucun instrument, mais j'aime la musique. J'avais un ami musicien, un pianiste, qui m'a fait connaître César Franck, Ravel et bien d'autres compositeurs français moins connus. C'est assez loin des chants nubiens, n'est-ce pas ?

— Pas tant que cela. Musiques de villages nubiens, blues des Noirs américains ou productions de la Schola Cantorum, qu'importe ? Il n'y a que deux sortes de musique, la bonne et la mauvaise, et je connais des mélopées nubiennes, des complaintes amoureuses de Billie Holiday ou des tangos argentins qui sont aussi émouvants qu'un lied de Schubert ou qu'une cantate de Bach. Tu me dis que tu avais un ami pianiste. Pourquoi *avais* ? Tu ne l'as plus ?

— Pour le moment il n'est plus là. Excuse-moi Claude, mais j'aimerais ne pas parler de cela.

— C'est de lui que tu tiens ta montre ?

Chassignet avait été frappé par l'élégante et coûteuse montre suisse que le jeune homme portait parmi deux bracelets de cuir et de bronze ciselés. Ce n'était pas une de ces tocantes vulgaires en or massif que certains producteurs du show-business, hommes d'affaires arabes ou princesses de principautés en mal de pub aiment à exhiber.

— Oui, c'est mon ami qui me l'a donnée avant son départ.

— Il ne s'est pas moqué de toi, c'est une montre de grand prix faite pour un homme de goût.

— Mon ami n'est pas quelqu'un d'ordinaire et notre relation non plus n'avait rien d'ordinaire. Mais si tu le veux bien, ne parlons plus de cela. Je trouve que tu es très observateur et peut-être même un peu trop curieux.

— Excuse-moi, Abou Bakr, je ne voulais pas être indiscret. Si j'ai parlé de ta montre, c'est parce que je possédais la même autrefois. Ce modèle date du début des années 70. Figure-toi que j'ai perdu la mienne lors de mon premier séjour à Assouan. Elle s'est détachée de mon bras dans une felouque pour disparaître dans les eaux du Nil. J'y ai vu un signe.

— Le temps n'existe pas en Égypte. Disons plutôt que les Égyptiens, et particulièrement les Nubiens, n'ont pas le même sens de l'heure que vous autres Européens, esclaves des horaires de travail, de trains, d'avions, de rendez-vous multiples. Tu as dû te rendre compte qu'ici, si tu fixes un rendez-vous au début de l'après-midi, les gens peuvent très bien arriver à 5 heures, à 8 heures, voire le lendemain, ou même pas du tout.

— Et si je te demande de me prendre après-demain matin pour filer vers Abou Simbel, seras-tu à l'heure ?

— Je serai d'autant plus à l'heure qu'il nous faudra partir à 4 heures du matin, en même temps que le convoi. La police du tourisme est soucieuse de la sécurité des visiteurs et ne leur permet pas de circuler librement.

— Eh bien, rendez-vous après-demain à 4 heures moins le quart à l'Old Cataract.

Chassignet pensait qu'il ne fallait pas trop accaparer Abou Bakr, et malgré l'extrême plaisir qu'il éprouvait en sa compagnie, il lui sembla qu'il était plus prudent, pour l'instant, de garder quelque distance. L'homme était malin. S'il soupçonnait quoi que ce soit, il se fermerait comme une huître. Si Chassignet avait connu Abou Bakr dans d'autres circonstances, il ne l'aurait sans doute plus quitté pendant tout son séjour, tant était fort son pouvoir de séduction. Et Chassignet de songer au vers du poète allemand : « Nul ne se promène impunément sous les palmiers. »

Il décida de faire une sieste dans sa chambre avant d'aller se calmer les nerfs chez Meryem.

VI

Un cœur fait de pétales de roses ainsi que le nom de Khaloud dessiné en lettres arabes ornaient le dessus-de-lit immaculé quand Chassignet retrouva sa chambre pour la sieste. Un des valets de chambre, un galopin expert dans l'art du soulagement de jute et de piastres, était régulièrement en proie à ce type de frénésie ornemaniste pour signifier avec un langage de fleurs un peu trop explicite qu'il était disponible à l'heure de la méridienne. Comme beaucoup d'amis qui ne parlaient qu'arabe, il appelait Chassignet *Khaloud*, diminutif de Khaled, parce que incapable de prononcer le son *o*, le prénom de *Claude* devenait dans sa bouche *Cloude*, et par analogie *Khaloud*.

Chassignet avait besoin de se retrouver seul, de faire le point et de préparer les journées à venir. Il accrocha l'ordre de ne pas déranger, ouvrit la porte de sa terrasse, et s'allongea tout nu sur son lit parmi les pétales de roses. Un délicieux soleil de printemps lui caressa le ventre. Incapable de préparer un plan d'action, car avec la digestion du pigeon était venue une torpeur voluptueuse, à laquelle il décida de ne pas résister, Chassignet sombra dans un sommeil de prince, ondoyé par les chants de felouquiers, les cris des ibis et les lancinantes mélopées de l'orchestre traditionnel de la terrasse. Puis vint ce moment exquis, que certains privilégiés cultivent avec art — discipline où n'excellent que les oisifs de haut lignage —, ce moment qui suit l'éveil, mais où l'on n'ouvre surtout pas les yeux, pour prolonger, par une somnolence consciente, un état très particulier de semi-veille où le cerveau reste peuplé de rêves, mais de rêves presque éveillés et qu'avec de la pratique on arrive à entretenir, raviver et même diriger.

Chassignet vit alors Versenna donnant le bras à Abou Bakr dans les allées d'un jardin d'oasis. Ils s'avançaient parmi les jasmins et les citronniers, beaux comme des personnages d'un roman de Goethe. Souples et minces ils évoquaient ces héros que dans ses *Ghâzels* le poète Hāfiz compare à de gracieux cyprès.

Mais soudain, une tempête brûlante, le *khamsin*, ce vent terrible né dans le désert du sud, vint ravager l'oasis. Un océan de poussière et de sable s'éleva des dunes voisines, obscurcit le ciel, fondit sur les jardins, brouillant peu à peu l'écran des songes, et disparurent, comme en un mirage, les palmiers, les murets de briques d'argile et les deux silhouettes fugaces.

Chassignet se réveilla en sueur. Les pétales flétris s'étaient dispersés sur les tapis. Un vent humide chargé des moiteurs engendrées par le lac Nasser avait recouvert la terrasse, les parquets et le lit d'une poussière brune et gluante. Les oiseaux, les flûtes comme les luths de la terrasse s'étaient tus et tout le monde avait quitté les jardins.

Chassignet se leva avec difficulté, nauséeux, les membres endoloris, des milliers d'épingles lui taraudant les sinus, la tête et la nuque, comme dans son adolescence à Fribourg quand le fœhn, ce vent chaud, s'abattait des montagnes suisses vers la fin de l'hiver. Un vent qui rend un peu fou, qui empêche toute concentration et qui pendant plusieurs jours octroyait aux élèves des vacances non prévues par le calendrier scolaire et les réduisait en quelque sorte au chômage technique. Chassignet détestait le fœhn qui en trois heures faisait fondre la patinoire du collège, donnait des migraines et empêchait de dormir.

Sous la douche il déclama le vers de Victor Hugo : « On entendait mugir le *semoun* meurtrier. »

Ce vent de *s'moun* (les poisons) qui chez nous se dit simoun, les Égyptiens le nomment *khamsin* (cinquante) parce qu'il sévit, dit-on, pendant les cinquante jours qui suivent la Pâque copte. *Khamsin* et en grec *Pentekonta*, dont les chrétiens ont fait Pentecôte, ont le même sens.

Chassignet se rappela que selon les Écritures, la Pentecôte était le jour où les apôtres reçurent le don des langues. Un grand vent avait soufflé sur eux et ils virent paraître des langues de feu.

Le vent du désert, le fœhn suisse, la Pentecôte, le collège religieux. « C'est étrange, s'interrogea Chassignet. J'ai quitté cet établissement depuis plus de trente-cinq ans, et les souvenirs de pension n'ont jamais encombré mon esprit depuis ce temps-là. Et voici que depuis deux jours me reviennent en mémoire plusieurs anecdotes paléolithiques de l'époque sainte-nitouche où je jouais à l'enfant de chœur et au fort en thème. »

Il faisait nuit quand il quitta l'hôtel. Il avait revêtu sa vieille galabiyah grise de coton et se protégeait le visage avec un grand châle de laine grenat orné d'arabesques d'or. Pour épargner ses pieds il avait renoncé aux chaussures et enfilé des mocassins de peau.

La corniche du Nil était désertée. Chassignet descendit sur la berge et demanda à un jeune garçon enchanté de gagner quelques livres de lui faire traverser le fleuve dans son petit bateau à rames. C'était un pauvre gosse loqueteux, un peu demeuré, victime facile des cruautés des felouquiers et que Chassignet avait quelquefois arraché à leurs jeux imbéciles. Le môme lui témoignait une reconnaissance éperdue et lui manifestait son affection avec une tendresse un peu envahissante. Sur la rive Éléphantine il lui baisa les mains et lui dit au revoir en embrassant ostensiblement le billet de cinq livres.

Ses mocassins permirent à Chassignet de se faufiler sans bruit dans les ruelles obscures. Il vit de la lumière devant la maison de Meryem. Un sombre colosse était adossé au chambranle et conversait à voix basse avec la jeune femme dissimulée derrière la porte entrebâillée.

Chassignet se colla au coin d'une venelle à vingt pas de la maison pour essayer de saisir leur conversation, mais le vent l'empêcha de comprendre ce que l'homme disait.

Seules des bribes de phrases lui parvenaient : « Non, non pas cette semaine… calme-toi… *Hamdoulillah*… Chassignet et Abou Bakr… tu as intérêt à m'obéir… non et non… »

La porte se referma, Chassignet se réfugia dare-dare dans la ruelle transversale et vit le type allumer une cigarette avant de s'engager dans l'allée qui mène vers l'embarcadère. Meryem ne plaisantait pas en affirmant qu'elle ne menait pas l'existence d'une double veuve. Sans être jaloux, Chassignet se dit qu'elle aurait tout de même pu larguer ses autres intérimaires pendant qu'il séjournait à Assouan et lui réserver une sorte d'exclusivité temporaire. Ce n'était pas le cocufiage qui l'inquiétait, mais le fait que cet individu eût prononcé son nom et surtout celui d'Abou Bakr. Pour quelles raisons ce malabar se mêlait-il de la vie de Chassignet, au point d'en discuter avec une obscure putain ? L'homme n'était pas un villageois. Sa tenue occidentale dénotait le bourgeois, le fonctionnaire aisé ou le riche marchand et le ton sur lequel il s'était adressé à Meryem était autoritaire, presque violent.

Chassignet, qui jusqu'alors voyait en Meryem une bonne fille, discrète, vivant à l'écart des villageois, mais suffisamment gentille et innocente pour prendre et donner du plaisir rémunéré avec un coquin épisodique, comprit soudain que la belle était sans doute une femme beaucoup plus complexe qu'il ne le croyait.

Il pensa qu'il valait mieux attendre avant de se présenter chez elle. Il s'enveloppa la tête de son châle à la manière des autochtones et chemina à pas lents dans le réseau complexe des rues du village. Il ne rencontra personne.

Le vent chaud et humide de l'après-midi avait cédé le terrain à une brise glaciale venue du nord, qui maltraitait toute la vallée et avait balayé l'île. Toute la population s'était réfugiée dans les maisons pour vivre à la télévision un match de football qui opposait les équipes du Caire et d'Alexandrie. D'une rue à l'autre Chassignet pouvait suivre le jeu. Presque tous les mâles égyptiens portent la moustache et sont fanatiques de football. Ce sont les deux signes extérieurs de virilité les plus affichés dans la quasi-totalité des catégories sociales égyptiennes. Seuls certains grands bourgeois occidentalisés, quelques artistes ou Nubiens imberbes échappent à la règle.

Quelques années plus tôt, alors qu'il était question de moustaches dans le café où Chassignet fréquentait, il vint au secours de la virilité bafouée de son ami Khaled, un Nubien sans poils, en déclarant haut et fort que la moustache ne prouvait absolument rien, bien au contraire, parce qu'à New York, en Californie et depuis peu en Europe elle était devenue un des emblèmes obligatoires des homos militants. Plusieurs consommateurs se sentirent insultés, mais la carrure impressionnante du Jamouss Chassignet les dissuada de lui chercher des crosses. C'est du moins ce que s'imagina Chassignet, qui sans doute avait lui-même un léger contentieux avec la virilité, son image, ses pompes et ses misères.

Il y a vingt-cinq ans, quand il eut décroché son agrégation de lettres classiques et alors que s'ouvraient devant lui des jardins néoplatoniciens sous les colonnes desquels il aurait dû enseigner les beautés d'Homère et de Virgile, il avait préféré s'engager pour cinq ans dans la Légion étrangère. Diverses aventures en Guyane et à Djibouti, quelques pseudo-exploits guerriers lors d'interventions en Afrique, des rixes entre légionnaires et matelots brésiliens dans la crique de Cayenne avaient forgé dans l'imaginaire de Chassignet une vision assez naïve, conventionnelle et plutôt dérisoire de ce qu'il pensait être sa virilité. Sans être dupe de ce folklore lamentable, il se laissait quelquefois aller à en jouer, même si, un quart de siècle plus tard, les joutes gastronomiques avaient peu à peu remplacé les bagarres de soudards en goguette. Il préférait désormais collectionner les livres plutôt que les cicatrices et les tatouages. Quoi qu'il en soit, Chassignet aimait à croire que son physique impressionnait encore. D'ailleurs, il le pouvait toujours car la forme extérieure demeurait, même si le matériau n'était plus le même. La graisse avait nappé ses abdominaux, mais personne, à moins de le provoquer à une compétition sportive, ne se doutait que ses articulations étaient rouillées, que ses poumons étaient fort encrassés, et que son talent pour le sport et les rixes s'était usé à jamais. Chassignet économisait son énergie pour les exercices de plumard.

En réalité, si personne ne voulait se battre avec Chassignet, ce n'est pas tant par crainte de ses talents martiaux, que par peur de la police. L'étranger, le touriste sont ici une denrée sacrée, intouchable, c'est le pétrole de l'Égypte, son commerce extérieur, la manne céleste. Agresser un touriste est puni avec la dernière sévérité.

Fuyant les hurlements des commentateurs et des téléspectateurs excités Chassignet s'égara vers le sud de l'île, sur les rives désertes bordant le site de l'ancienne ville fortifiée, qui fut dans l'Antiquité une capitale.

C'était le domaine du dieu bélier Khnoum. Le grand temple de ce dieu créateur se dressait là autrefois, érigé sur une gigantesque terrasse. Sans cesse agrandi et embelli par les derniers pharaons, les Ptolémées, et par les Romains, il n'en restait presque rien. Pendant la domination perse, des soldats juifs qui tenaient garnison sur l'île avaient même bâti ici un sanctuaire à leur Dieu. Les prêtres du bélier Khnoum en ordonnèrent la destruction. Du grand temple ne reste aujourd'hui qu'une porte érigée par le fils d'Alexandre le Grand.

Chassignet était sensible au romantisme des ruines, ces squelettes de villes jadis opulentes, vestiges chargés de mystères qui régissent encore les peuples à leur insu. Que de leçons pour l'esprit sont prodiguées par ces vieux tombeaux, ces restes de murailles, ces débris de temples et de palais, ces colonnes brisées, ces sites désertés, toutes ces ruines forgées par des fléaux en tout genre : cupidité des tyrans, guerres de religion, épidémies, dogmes éphémères, oppressions et ravages, conquêtes et destructions.

Ne reste aujourd'hui de ces champs glorieux qu'une vaste brande désolée comme si toutes les civilisations étaient soumises à un principe inéluctable et fécond de calamités.

Un grand chien maigre s'arrêta discrètement à quelques pas de Chassignet. Celui-ci s'approcha doucement de l'animal, lui parla avec tendresse et lui tendit une main fraternelle. Le chien vint se frotter contre ses jambes puis leva la tête et appuya son cou contre la cuisse de l'homme en poussant des petits jappements étranglés.

Les chiens ne sont pas aimés des musulmans qui les considèrent comme des créatures impures. Le terme de « chien » vient en tête du palmarès des insultes arabes, et Chassignet lui-même n'hésitait pas à traiter quelquefois son prochain de *Kelb*[1] ou de *Ibn el-kelb*[2].

Il éprouvait une grande pitié pour tous ces chiens vivant à Assouan en marge d'une population qui la plupart du temps les chasse à coups de pierre, capture les petits pour servir de souffre-douleur aux enfants, et tue ceux qui ne peuvent plus s'enfuir. Chassignet se rappela la brave chienne jaune aux yeux tristes qui avait accouché d'une portée de chiots et s'était réfugiée à l'extrémité du jardin de l'Old Cataract, dans les rochers presque inaccessibles qui descendent de la terrasse du roi Fouad jusqu'au Nil. La malheureuse était d'une maigreur affligeante, et, à voir ses mamelles sèches et pendantes, on se demandait avec quel lait elle arrivait à nourrir sa portée. Soir et matin Chassignet lui apportait un repas copieux secondé par quelques Anglaises vivant à l'hôtel et qui avaient découvert cette cause désespérée. Ce régime humanitaire profita à la petite famille. Après un mois on vit s'égayer dans les basses plates-bandes une meute joviale et repue. L'année suivante Chassignet retrouva la chienne au même endroit. Elle était pleine à nouveau. Des cinq petits deux seuls demeuraient encore avec elle. Elle reconnut son bienfaiteur et lui fit fête.

1. Chien.
2. Fils de chien.

L'hiver suivant, ne la voyant plus, il demanda des nouvelles à l'un des jardiniers.

— La direction les a fait abattre l'été dernier parce qu'un client s'était plaint des aboiements nocturnes des chiens du quartier qui venaient se battre ici quand la chienne était en chaleur. Depuis ce temps on nous oblige à chasser tous les chiens qui pénètrent dans le parc.

Ces mesures avaient dû se généraliser à Assouan car, cette année, Chassignet rencontrait beaucoup moins de chiens errants. Il n'y en avait plus un seul dans le parc public qui jouxte les jardins de l'hôtel Cataract alors que dans les années 80 il en était peuplé.

Ces rêveries canines avaient ramené Chassignet vers la demeure de Meryem. Une bonne heure s'était écoulée depuis qu'il l'avait surprise avec l'inconnu et Chassignet fut en proie à une sorte de fureur aussi abstraite qu'absurde lorsqu'il repensa à la scène. Les dents serrées, il marmonna :

« Il n'y a pas que les chiennes qui soient chiennes ! J'en connais d'autres ! De celles qui sont en chaleur toute l'année ! Tu vas voir comment je les honore ! »

Quand Meryem ouvrit la porte il se jeta sur elle, la plaqua contre le mur du vestibule et la viola debout, sans préambule, ni caresse. Il déchargea sans plaisir sa rage en même temps que sa camelote, comme la dernière des brutes.

Chassignet n'avait pas habitué Meryem à ces pratiques de reître. Quand il se décolla, elle quitta le vestibule en lui jetant un regard triste, incrédule. Elle s'éloigna lentement, tête baissée, muette.

Chassignet se sentit abject. Sa violence le dégoûtait. La silhouette noire de Meryem qui s'éloignait, humiliée, résumait à elle seule la condition misérable des pauvres, des esclaves en tout genre, partout dans le monde. La beauté désespérée de cette scène flanqua à Chassignet un sacré coup de blues. Il se dirigea vers la chambre et s'affala sur le grand lit. Meryem n'était plus là et ce fut comme si tous les chants soudain avaient cessé à jamais.

Des vieilles douleurs lui taraudaient la cervelle et les jointures. Il avait froid et tentait de se réchauffer dans le noir sous la lourde couverture de laine ornée de motifs populaires nubiens. En grelottant il s'endormit comme on tombe en syncope.

Des bruits familiers le ramenèrent à lui. Une faible lumière éclairait la chambre. Meryem était accroupie au pied du lit devant une nappe posée sur le sol. Elle venait d'apporter une dizaine de petits plats, des *koftas*, de la pâte de sésame parfumée au citron, des boulettes frites préparées avec de la purée de fèves, du riz aux arachides, des poissons grillés, des salades et du *kalaoui*, ces petits rognons grillés servis sur du persil dont Chassignet raffolait. Sans dire un mot Meryem lui tendit un petit poisson. Chassignet quitta la couche et s'allongea à terre devant tous ces mets exquis. Meryem lui cala le dos et l'avant-bras avec des coussins brodés. Il dîna sans prononcer un mot. Quand il reposa le bol de *mahallabeya*, une sorte de riz aux fruits secs parfumé à l'eau de rose, elle servit le thé puis apporta le grand narghileh de cuivre. Elle posa délicatement les braises sur le tabac, souffla sur la coupelle en protégeant ses cheveux puis aspira les trois premières bouffées de fumée avant de tendre à Chassignet le manche à embout ciselé. Il y avait dans ses gestes tant de grâce, de beauté et de douceur que Chassignet en eut les larmes aux yeux. Il attira la jeune femme contre lui, lui baisa les paupières, puis la déposa au centre du lit comme il l'aurait fait avec une enfant malade.

— Je t'ai blessée, Meryem, dis-moi, tu m'en veux ?

Elle se contenta de secouer doucement la tête en le regardant avec des yeux tristes et mouillés.

Chassignet repensa à la malheureuse chienne jaune. C'était le même regard morne et résigné. Ce soir-là ils firent l'amour comme des adoles-

cents qui s'aiment pour la première fois, lentement, avec délicatesse et gravité comme s'ils
étaient les acteurs d'une cérémonie rituelle,
quasi liturgique, dont le caractère sacré les
dépassait totalement. Il faisait jour quand ils se
réveillèrent. Une lumière aveuglante perçait à
travers les volets ajourés, avec cette clarté impi-
toyable qui balaye ce qui reste des songes, et
vous ramène brutalement dans la réalité d'un
jour nouveau, avec tous les problèmes et les
angoisses de la veille.

Chassignet plongea sa tête dans un baquet
d'eau froide, enfila sa galabiyah et se dirigea vers
la cuisine. Meryem se tenait près de la fenêtre,
raide, distante. Ce n'était plus la souple esclave
timorée de la veille. Elle avait le regard sec et
autoritaire de la maîtresse qui ne veut accorder
une caresse de plus que celles prévues par le
tarif négocié.

— Écoute-moi Jamouss, tu dois partir maintenant, et je voudrais que tu ne reviennes pas
ici. Ne dis rien ! Oublie-moi, du moins pour un
temps. Ne me questionne pas, laisse-moi ! Je ne
suis pas fâchée avec toi, je ne te reproche rien,
je sais tout ce que je te dois et je puis t'assurer
que je t'aime, mais tu dois absolument me laisser tranquille.

— Meryem, est-ce que tu as des ennuis ?

— Va-t'en, ne me demande rien. Ne parle

100

pas de moi, ni dans ton café, ni avec ton ami Claudio, ni avec ton chauffeur.

— Quel chauffeur ? Comment sais-tu que j'ai un chauffeur ? Je ne t'en ai jamais parlé.

— Chassignet, ne me questionne pas. Je sais que tu as un chauffeur. C'est Abou Bakr Saad Sholok et je t'interdis de lui parler de moi. Tu m'entends ?

— Mais enfin, Meryem, je suis ton ami, je suis sans doute le meilleur ami que tu aies jamais eu dans ta vie ! Tu peux tout m'expliquer.

— Je ne peux absolument rien t'expliquer ! Je veux que tu quittes ma maison, pour toujours ! Sache que si tu reviens ici, tu me mets en danger !

— Quel danger ? Tu ne cours aucun danger avec moi. As-tu été menacée par des fanatiques ?

Meryem le poussa dehors et verrouilla sa porte.

Quand il arriva à l'embarcadère le quai était très animé. Le jeune attardé mental était déjà là. Il se précipita vers lui en dansant et en secouant sa bonne bouille de crétin au rythme d'un tambour nubien dont jouait un felouquier amarré plus bas pour divertir deux filles blondes qui avaient dû passer la nuit à bord.

Sur la corniche Chassignet plongea dans le tourbillon quotidien d'Assouan, les cris de la ville, les klaxons des taxis, les chants du muezzin et le joyeux trot des chevaux de calèches.

Quand il demanda sa clef à la réception, le portier Ahmed lui fit un clin d'œil canaille : « Vous rentrez bien tard, ou bien tôt devrais-je dire, monsieur Chassignet ! Il y a un message pour vous. »

C'était un mot de Claudio revenu de Louqsor pendant la nuit. « Cher vieux, je t'attends ce soir à neuf heures pour dîner sur le bateau. J'ai retrouvé dans ma réserve un magnum de saint-émilion qui te plaira. *Allahou akbar !* »

Chassignet resta dix minutes sous la douche et se dit que pour l'instant il lui fallait faire le vide dans son crâne. Trop tôt pour démêler quoi que ce soit. Il n'était pas d'attaque ce matin. Il avala trois somnifères, accrocha le panneau « Ne pas déranger » à sa porte, tira les rideaux et se glissa au lit en souhaitant que les drogues lui permettent de dormir jusqu'au soir. Avant qu'il ne sombre dans un néant bénéfique, il se dit qu'il était un bien minable détective et que tout autre aurait, excité par la façon dont Meryem l'avait congédié, cherché à comprendre la situation, à enquêter sur le mystérieux colosse de la nuit dernière car il ne faisait aucun doute que tous les problèmes avaient surgi avec cet inconnu.

VII

Quand Chassignet arriva dans le hall de l'hôtel, il fut surpris d'y trouver Abou Bakr assis à l'une des tables basses. Le garçon lisait un quotidien arabe.

— Bonsoir, Claude. À la réception on m'a dit que tu avais affiché l'interdiction de te déranger et qu'on ne t'avait vu de la journée. J'imagine que tu as eu une nuit mouvementée ?

— Mouvementée, oui, sans doute. J'ai dormi toute la journée et tout ce qui précède me semble assez irréel. Tu m'attendais ?

— Oui, je voulais que tu me confirmes notre départ pour Abou Simbel demain matin à 4 heures.

— Confirmé ! Je suis heureux de pouvoir quitter un peu Assouan. Dis-moi, as-tu dîné ? Sinon je t'emmène chez quelqu'un qui m'a promis un grand vin de Bordeaux.

— Qui est-ce ?

— C'est un de mes vieux amis, un Italien qui

dirige un bateau de croisière. Il te plaira. Il est drôle et cultivé, et je pense que toi aussi tu lui plairas beaucoup, peut-être même trop !

— Je te remercie, mais je ne t'accompagnerai pas. Je connais ton ami Claudio… d'ailleurs toute la province le connaît. Il vit ici depuis plus de quinze ans, c'est une figure locale.

— Et pourquoi ne veux-tu pas dîner sur son bateau ? Tu ne l'aimes pas ?

— Je n'aime pas les mondanités. Claudio est un homme charmant mais indiscret et bavard. D'ailleurs je ne suis pas invité. Je travaille pour toi comme chauffeur. Il vaut mieux que je ne t'accompagne pas à tes dîners en ville, ça sera préférable pour toi comme pour moi. Je te laisse… À demain matin.

Dans la salle de réception du *Kasr el-Nil* s'affairaient parmi les touristes italiens une demi-douzaine de garçons nubiens en uniforme bleu et or, guides, serveurs, personnel de chambre, musiciens folkloriques qui plaisantaient avec les clients selon le mode facétieux et légèrement putassier en vigueur sur le Nil. Tous les jeunes gens d'ici rêvent d'accrocher une femme occidentale qui les emmènera en Europe ou en Amérique. Quelques-uns ont réussi à se faire épouser, mais de telles prouesses sont rarissimes. Il court cependant dans les cafés et les felouques d'incroyables légendes sur des garçons de villages vivant en Belgique, en Angleterre, au Canada ou en Californie avec de riches veuves venues en touristes à Assouan et Louqsor. Toutes ces histoires non fondées et invérifiables avaient fini par transformer les lieux où s'agite la jeunesse en véritable marché d'esclaves consentants. Ces garçons sont d'une naïveté et d'une crédulité affligeantes. Marchandises et marchands à la fois, ils sont leurs propres proxénètes et c'est à qui saura le mieux attirer l'attention sur ses charmes, talents et spécialités. Ces pratiques publicitaires ont fini par créer une atmosphère assez déplaisante, car tout ce petit monde se comporte selon le mode mafieux, avec les rivalités, limitations de territoires, intrigues, règlements de comptes générés habituellement par le commerce clandestin.

Le gros coup étant rare, car l'Égypte a, semble-t-il, renoncé au tourisme de luxe au profit d'un tourisme de masse, la plupart des garçons rivalisent davantage pour une passe chichement rémunérée que pour une vie de rêve avec une héritière possédant villa, piscine, et limousine à Palm Springs. Finalement toute cette agitation reste plutôt bon enfant. Chassignet se souvint pourtant de violentes altercations entre felouquiers et garçons d'hôtel au sujet de priorités non respectées.

Claudio descendit l'escalier qui mène à la réception avec la dignité d'un contre-amiral de la grande époque coloniale anglaise. Il était revêtu d'un impeccable costume sombre d'un grand faiseur italien mais il avait forcé sur le Guerlain. À croire qu'il s'était rincé dans une baignoire d'*Habit rouge*!

Il tapa dans ses mains pour disperser sa troupe caquetante comme le ferait une fermière en son poulailler.

— Allez travailler au lieu de jouer aux paons qui font la roue devant les femelles ! Bonsoir mon cher Chass, tu es en avance. Tu vois que je me suis paré pour te faire honneur. Ce n'est pas comme toi, sale bourgeois pseudo-anarchiste qui ne mets jamais de cravate. Tu n'as donc rien d'autre que ces ridicules pantalons américains et ces tee-shirts élimés ?

— Si, j'ai des galabiyahs d'été et d'hiver.

— Allons au bar. J'ai mis au frais une bouteille de malvoisie. Nous la boirons avant le dîner. J'attends un autre invité, un homme que j'aurai plaisir à te présenter. C'est quelqu'un que j'estime et que j'admire.

Le salon était désert. C'était l'heure où le troupeau avait changé de pâture. Du bar avec ses cocktails pseudo-orientaux il s'était ébranlé pesamment et en rangs serrés vers le buffet de la salle à manger.

Chassignet qui faisait honneur au cépage malvoisie déchiffrait l'étiquette de la bouteille lorsque Claudio se dressa et se précipita vers la porte. Trois hommes venaient d'entrer. Chassignet comprit alors que ce dîner était un piège. Le géant qui s'avançait entre les deux autres, c'était l'homme de la nuit, le visiteur de Meryem. Claudio le salua avec beaucoup de cérémonie et de courbettes en portant plusieurs fois sa main droite sur son cœur.

« De vrais salamalecs », pensa Chassignet qui détestait les mœurs de laquais. Il était surpris par les démonstrations obséquieuses de Claudio.

« Ce type n'est pas n'importe qui », pensa-t-il, car pour que Claudio se comporte d'une façon aussi servile, il faut au moins qu'il soit le propriétaire de la Compagnie, un ministre en vacances, ou le gouverneur de la ville en personne.

Quand l'homme donna des ordres à ses deux acolytes, Chassignet comprit qu'il agissait en flic, en superflic. Les deux subordonnés quittèrent le bar.

— Monsieur Abd el-Fatah permettez-moi de vous présenter mon ami Chassignet, un homme qui aime l'Égypte depuis longtemps !... Claude, je suis heureux de te faire connaître monsieur Omar Abd el-Fatah. Il est en quelque sorte l'ange gardien de toute la région d'Assouan et veille sur la sécurité des touristes, sur la mienne et aussi la tienne.

— Très honoré, Monsieur, mais je ne me savais pas menacé. Je viens ici depuis dix ans et je n'ai jamais eu la moindre inquiétude au sujet de ma sécurité.

— J'en suis ravi, monsieur Chassignet, cela prouve que nos services sont efficaces. Si vous vivez ici tranquillement depuis des années c'est précisément parce que la police fait bien son travail. La protection des visiteurs est une de nos priorités.

— Je n'en ai jamais douté. Chaque fois que je passe devant votre hôtel de police, j'ai envie de pousser un peu la plaisanterie. Depuis des années vous affichez une grande pancarte publicitaire qui dit : « Cher touriste, vous êtes notre invité, bienvenue. » J'ai plusieurs fois hésité à entrer pour demander une table.

— Vous auriez dû, cher monsieur Chassignet, je vous aurais reçu avec un réel plaisir.

— Mais à quel titre ?

— L'hospitalité, cher Monsieur, notre hospitalité traditionnelle. Mais vous le savez bien, puisque vous dînez presque tous les jours dans une maison différente, que vos consommations de thé et de narghileh sont toujours offertes par vos amis du café. Assouan est en quelque sorte votre seconde patrie ! Vous avez un nom arabe.

N'est-il pas vrai qu'on vous appelle Khaloud ? Et vous avez même un surnom, n'est-ce pas, monsieur Jamouss ? À l'Old Cataract on vous garde chaque année votre chambre préférée, on vous invite aux mariages dans les villages nubiens, vous parlez arabe et vous n'êtes pas insensible aux charmes de l'île Éléphantine, n'est-ce pas ?

— Vous me semblez extrêmement bien renseigné.

— Mais c'est mon métier ! Le contraire serait surprenant, et relèverait de la faute professionnelle. Or, il se trouve que j'aime mon métier et que je l'exerce avec la plus rigoureuse efficacité. Soyez rassuré !

L'homme s'exprimait en anglais, un anglais châtié, avec cette courtoisie très étudiée, ces sourires cauteleux et ce masque d'autorité aux intonations aimables qui sont le propre des grands, des véritables salauds. Certains hauts fonctionnaires arrogants, grands patrons sans scrupules ou tueurs en costumes faits sur mesure ont l'habitude de parler ainsi, avec ce vernis de civilité, cette bienveillance affectée qui masquent hypocritement un véritable délire de supériorité, une folie du pouvoir. Chassignet songea au malheureux type qui avait dégringolé du septième étage de l'immeuble de la police.

Un serveur apporta un grand verre de jus d'orange au policier.

— Vous n'aimez pas le malvoisie de Claudio ?

— Monsieur Chassignet, je suis musulman, je ne bois pas d'alcool !

— *Anta mouslim moultasim*[1] ?

— Oui, *moultasim* ! Je respecte les règles de l'islam, mais comme tout bon musulman je suis tolérant et j'admets tout à fait que vous puissiez trouver du plaisir à boire du vin.

Le dîner fut remarquable. Claudio avait demandé à son chef italien de se surpasser. Chassignet dégusta sans enthousiasme le délicat carpaccio de veau, la salade de calmars aux pois chiches et la roulade de lapin à la sauce aux poivrons. Mais il fit honneur au vin, c'était un cheval-blanc.

— Vous êtes écrivain, monsieur Chassignet, n'est-ce pas ? Pensez-vous écrire un jour un livre sur l'Égypte ?

— Non, certainement jamais ! Je ne suis ni journaliste, ni romancier, ni ethnologue, ni archéologue. Mes travaux n'intéressent que les livres anciens. Je suis bibliographe et mes recherches ne concernent pas le monde contemporain. Je viens régulièrement à Assouan pour offrir un peu de soleil à ma vieille carcasse, car

1. Vous êtes un musulman pratiquant ?

les hivers sont longs et froids dans la région de France où je vis.

— Mais vous n'êtes pas venu l'an dernier ?

— Non, la publication d'un de mes livres m'a retenu en France pendant tout l'hiver.

Chassignet était sur ses gardes. Est-ce que le policier allait évoquer la disparition de Versenna ?

L'homme était redoutablement bien informé. Chassignet se demanda s'il connaissait les motifs de son retour à Assouan. Aussi adopta-t-il une attitude mondaine et badine et détourna la conversation vers la cuisine égyptienne, les chanteurs nubiens, le tourisme et autres futilités.

Claudio qui semblait mal à l'aise fut soulagé par la tournure que prenait sa soirée. Le vin l'avait quelque peu échauffé. Lorsque le maître d'hôtel fit apporter les poires cuites nappées au chocolat, il détaillait tous les artifices de son personnel pour se faire porter pâle pendant les escales à Assouan.

Alors qu'ils buvaient un *espresso* authentique — c'était le seul endroit de la ville qui en servait — le téléphone portable du policier se mit à sonner. Abd el-Fatah s'excusa, quitta la table et alla répondre dans le hall de réception. Il revint presque aussitôt, encadré par ses deux gardes du corps et prit congé très rapidement.

— Merci Claudio pour cet excellent dîner. Monsieur Chassignet, ce fut un réel plaisir de vous connaître. N'hésitez pas à venir me voir dans mon bureau si vous avez besoin de quoi que ce soit. *Ma'a Salama*[1] !

Claudio s'affala dans son fauteuil avec un soupir de diva ayant triomphé à l'acte trois.

— Claudio, tu es un salopard ! Comment as-tu osé m'attirer dans ce guet-apens sans me prévenir ? Je t'avais pourtant interdit de parler de moi à cet homme. Tu as joué la commère et tu as sûrement évoqué Versenna.

— Calme-toi ! Je n'y suis pour rien. C'est lui qui m'a demandé d'organiser cette rencontre. Il est venu hier soir. Quand je suis passé à ton hôtel, tu avais disparu. Je voulais te prévenir. J'ai appelé à 10 heures, à minuit, à 9 heures ce matin, mais on m'a dit que tu n'avais pas couché là. Tu t'es octroyé une nuit soudanaise ?

— Ça ne te regarde pas ! Tu aurais pu écrire sur ton billet avec qui j'allais dîner.

— Tu es fou ? Cet homme est chef de la police du tourisme. L'indiscrétion du personnel de l'Old Cataract m'aurait fait un tort considérable. Peu de personnes connaissent son visage, il ne va presque jamais dans les lieux publics et s'il y va, c'est au dernier moment, sans publi-

1. Au revoir !

cité et accompagné de gardes armés. Tu sembles ignorer quel est son pouvoir. Je vis et je travaille ici depuis quinze ans et l'idée ne me viendrait pas de le contrarier. Il m'arrive de lui rendre service pour des traductions de papiers italiens, de courrier saisi et si j'ai pu vivre tranquillement, diriger mon bateau alors que je ne suis qu'un étranger, c'est bien parce que tout le monde sait que je suis protégé par ce personnage.

— En somme tu fais un peu l'indic ? Jure-moi que tu ne lui as rien dit de mes recherches concernant Versenna ?

— Je te le jure ! Qu'est-ce que tu crois ? Tu es un ami véritable, que j'ai choisi. Omar m'est imposé. Mais je ne te cache pas qu'il m'a questionné sur toi. Il craignait que tu sois journaliste. Il m'a demandé comment tu avais connu ton chauffeur.

— Et tu lui as dit que c'était par toi ?

— Jamais de la vie ! Je lui ai dit que tu t'étais adressé à l'agence Eastmar.

— Et dire que je l'avais invité à m'accompagner ce soir.

— Quoi ? Sans me prévenir ?

— Eh bien, te voici bien formaliste ! Est-ce que j'étais prévenu moi ? J'ai souvent dîné chez toi avec des amis qui n'étaient pas invités. J'ignorais qu'il s'agissait d'un dîner officiel et que j'étais en quelque sorte convoqué hypocritement par la police. Tu crois que je vais avoir ce type ou ses sbires dans mes pattes maintenant ?

— Je ne sais pas. Ce qui est certain c'est qu'il s'intéresse à toi et à tes fréquentations.

Chassignet se garda bien de révéler à Claudio la scène de la veille. Chez Meryem le flic avait prononcé son nom et celui d'Abou Bakr ! Le comportement de Meryem s'expliquait enfin : elle avait peur, cet homme l'avait menacée. Craignait-elle pour elle-même ou pour Chassignet ? Le flic — c'est certain — savait pour Abou Bakr et Versenna, donc il savait pour Versenna et Chassignet. Mais pourquoi mêler Meryem à tout cela ? Cet homme n'était pas allé chez elle uniquement pour s'envoyer en l'air. Il l'avait probablement questionnée.

— Écoute Claude, ne dramatise pas ! Abd el-Fatah est un homme puissant, mais c'est aussi un homme cultivé et charmant. Il a fait des études dans un collège anglais, puis dans une université américaine. Il est d'une importante famille du Caire, ce n'est pas un petit voyou de flic monté en grade, ni un fonctionnaire corrompu... Peut-être devrais-tu lui faire confiance et gagner son amitié. Pourquoi ne joues-tu pas cartes sur table avec lui ? Cela vaudrait mieux. Je pense qu'il est extrêmement bien renseigné

114

sur toi. Pourquoi ne pas faire état de tes liens avec Versenna ? Il doit déjà être au courant. Tu as parlé du pianiste avec des felouquiers l'autre jour, à la fumerie. On a pu t'entendre ! Beaucoup de types qui traînent sur la corniche, déguenillés, et qui racolent pour les felouques, les calèches et les boutiques sont des indicateurs.

— Voire des petits poulets en civil ?

— Bien sûr ! Ne sois pas naïf ! En me questionnant à ton sujet Abd el-Fatah faisait l'imbécile. Je suis persuadé qu'il sait déjà. Ce qui lui échappe sans doute, ce sont tes mobiles ? Car il m'a demandé avec beaucoup d'insistance si tu étais journaliste. Je suis persuadé que si tu lui dis la vérité et que tu lui demandes son aide, il sera ravi. Ravi et flatté !

— Claudio, je t'en prie ! Il n'a jamais aidé les enquêteurs français qui sont venus ici. Je parierais qu'il ne les a pas même reçus lui-même.

— Fierté nationale ! Avec toi ça ne sera pas la même chose. Tu n'es pas de la police. Tu n'es mandaté ni payé par personne. L'art pour l'art. De plus, tu n'es plus tout à fait un étranger ici, Assouan t'a presque adopté. Va le voir. Je suis sûr que vous deviendrez amis, et qu'il t'aidera.

— Sauf s'il est personnellement mêlé à cela !

— Est-ce que tu es fou ? Cet homme a pour mission de protéger les touristes, pas de les faire disparaître.

— Je ne prétends pas qu'il ait fait disparaître Versenna. Versenna a pu être agressé. Il est célèbre et le tourisme local aurait souffert d'une telle publicité. Sans couvrir l'incident, la police peut très bien faire le silence sur une telle affaire ?

— Paranoïa, mon cher Chass ! Ton pianiste n'a peut-être pas disparu de la façon tragique que tu imagines. Il se cache peut-être volontairement dans un village perdu du désert. Ou parmi les bédouins du Sinaï. À l'heure actuelle il doit fumer tranquillement son hachisch dans les montagnes ? Ça s'est vu, des Occidentaux qui quittent tout un jour et qui changent complètement de vie !

— Oui, je sais, le syndrome Isabelle Eberhardt ! Je ne crois pas que Versenna ait tout abandonné pour se faire bédouin... Je pars demain pour Abou Simbel avec Abou Bakr. Je saurai peut-être le faire parler de Versenna. Pour l'instant je ne lui ai rien dit, j'aimerais mieux qu'il se livre de lui-même. Sans le nommer il m'a déjà parlé du pianiste. C'est quel0qu'un qui a occupé et occupe encore une grande place dans sa vie.

— Une grande histoire d'amour ?

— Ça va, Claudio, arrête ton numéro d'Italienne à Assouan ! Et ne ramène pas toujours tout au cul ! Les célibataires qui viennent sur le

Nil ne sont pas tous des chasseurs de canards exotiques. Et quand bien même il y aurait eu entre Denis et Abou Bakr une histoire passionnelle, ce serait autre chose que tes marivaudages avec le personnel.

— Mais dis donc, tu peux parler, toi, avec tes copulations soudanaises et tes siestes avec les garçons de chambre !

— Je sais, leur histoire n'a rien à voir non plus avec mes turpitudes. Versenna n'est pas un touriste vicelard, c'est peut-être un solitaire errant mais avec une âme et des douleurs d'artiste qu'il nourrit de littérature baroque, de musiques raffinées. Je connais sa bibliothèque. On y trouve tous les chatoiements mystiques de poètes exaltés de l'époque des rhétoriqueurs, les divins élancements de l'humanisme dévot, un monde fascinant de métamorphoses, de rêveries, de déguisements, un univers en trompe-l'œil plein de paradoxes et de métaphores. Versenna est un esthète et non un noceur. Il ne se vautre pas comme nous dans la gadoue des pourceaux d'Épicure, je le verrais plutôt dans un jardin athénien et encore ! C'est un être compliqué, torturé ! Les rares fois où je l'ai fréquenté il m'a donné l'impression d'errer dans une atmosphère plutôt ténébreuse.

— Je vois le genre : beau et triste ! Une sorte de grande douloureuse qui joue des pavanes languissantes puis s'éclipse derrière d'épaisses tentures de silence pour se livrer à des divertissements secrets et masochistes.

— Peut-être. Mais l'idée ne me viendrait pas de parler de lui au féminin. Je le trouve plutôt viril. Séduisant, suave, mais pas du tout efféminé. Quant à Abou Bakr, bien que je le connaisse à peine, je t'assure qu'il n'a rien des putes locales. C'est un seigneur !

— Un seigneur ? Comment tu écris ça ? avec un *e* ou un *a* ? Qui sait ? Il a peut-être saigné le pianiste. Un ange exterminateur du désert ?

— Je n'aurais jamais pensé à cela ! Ta plaisanterie me trouble. Ce serait en effet une fin baroque, mais vraiment trop littéraire. Je ne vois pas du tout Abou Bakr dans ce rôle. D'ailleurs ça n'aurait aucun sens. Pourquoi aurait-il tué Versenna ?

— Les couteaux parfois obéissent à de mystérieuses raisons, Chassignet ! Tous les crimes ne sont pas passionnels ou crapuleux. Je te souhaite une bonne nuit et un excellent voyage demain, avec ton seigneur.

Chassignet s'esquiva en emportant le magnum de cheval-blanc. La bouteille lui rendit supportable une nuit d'insomnie pendant laquelle il tenta de comprendre quels rôles jouaient le policier, Abou Bakr, Meryem, et peut-être Claudio.

118

Quand il put enfin s'endormir le téléphone sonna. Chassignet crut mourir de frayeur. Il était en nage et son cœur battait comme un métronome pris de folie.

— Bonjour, monsieur Chassignet ! Vous nous avez demandé de vous réveiller à 3 heures 30.

VIII

Abou Bakr attendait dans sa voiture devant l'entrée de l'hôtel. Le veilleur de nuit qui s'ennuyait à la réception leur souhaita un bon voyage. Un vent glacial balayait l'allée et les jardins. Chassignet s'enveloppa dans un grand burnous de laine. Il l'avait acheté vingt ans plus tôt dans un souk du sud marocain et l'avait promené dans bien des déserts, en Tunisie, au Yémen, sur les rives égyptiennes et jordaniennes de la mer Rouge, dans les montagnes d'Anatolie et parfois sur le versant nord de la butte Montmartre.

Peu soucieux de son apparence vestimentaire, Chassignet avait, depuis des années, renoncé à enrichir les couturiers. Il n'appréciait plus guère les tenues occidentales et détestait les conventions qui en Europe imposent des déguisements dictés par des critères trop hiérarchiques à son goût. Chassignet, réfractaire à tout pouvoir, pouvait se permettre, grâce à un mode de vie libre et plutôt aisé, de mépriser les us et coutumes de la société. Les normes de la mode, comme celles qui régissent l'art de s'exprimer, lui pesaient comme autant de signes extérieurs convenus. Pour lui tout costume était un uniforme, aussi bien les complets sombres des « kleptocrates », banquiers, gangsters, présidents de groupe et autres prédateurs que les ignobles tenues pseudo-sportives des touristes et autres adeptes de la civilisation des loisirs.

Pour ces raisons, mais aussi pour des motifs de confort et d'esthétique, Chassignet appréciait les vêtements traditionnels des Arabes. La galabiyah, les burnous, les amples pantalons et les grandes écharpes sont, pour les hommes, ce qui se fait de plus beau, de plus intelligent et de plus confortable. Liberté totale pour les entournures, pour la taille, et pour le cou. Pas de cravates, pas de boutons à recoudre, pas de ceintures, et pas de pantalons serrés qui vous martyrisent. Comment la jeunesse arabe a-t-elle pu renoncer à tant de confort et de beauté pour porter des tenues occidentales ?

Chassignet s'allongea sur la banquette arrière de la vieille Peugeot, bien décidé à ne pas ouvrir les yeux avant le lever du soleil.

Mais c'était sans compter sur la police du tourisme. Ils furent bloqués plus d'une heure dans une file de voitures et de cars au premier poste de contrôle à l'entrée de la route d'Abou Simbel. La caravane n'était pas au complet. Quelques cars de touristes avaient du retard. Le soleil commençait d'apparaître quand le convoi put enfin prendre la route. Chassignet se rappela l'époque de la guerre du Golfe, quand tous les touristes avaient déserté l'Égypte. Ils étaient à peine une douzaine de clients à l'Old Cataract et Chassignet s'était promené, seul visiteur européen, à Abou Simbel et dans la Vallée des Rois.

Abou Bakr doubla les cars et le cortège de taxis et poussa l'accélérateur à fond pendant une soixantaine de kilomètres pour prendre une confortable avance sur le convoi. Il leur fallait parcourir près de trois cents kilomètres de désert. Chassignet avait renoncé au sommeil. Avec regret, car le paysage ne méritait pas un tel effort. Le trajet lui parut interminable et monotone dans un désert de sable d'un jaune presque ocre, hérissé par endroits de petites montagnes noires, d'un aspect bitumeux.

La route était souillée de lambeaux de pneus éclatés et de boîtes de soda rouillées. Des boules de buissons épineux que le vent avait roulées pendant des saisons à travers le désert venaient s'écraser contre la voiture. D'imprévisibles nappes de sable encombraient la route de place en place. Abou Bakr était un excellent conducteur.

Il filait à toute allure, mais en restant extrêmement attentif à tout ce qui pouvait survenir
à l'improviste. Il conduisait en silence ce qui
convenait tout à fait à son client. Chassignet
n'était pas d'humeur causante et son chauffeur
l'avait compris.

Chassignet se rappela soudain une infirmière
allemande échouée dans le Morvan qu'il avait
fréquentée à la fin des années 80. Il se remet-
tait alors d'une chute de moto et, de son lit,
suivait sur le petit écran la dernière version du
Facteur sonne toujours deux fois. Mimi Laroque
avait introduit dans sa chambre une sorte d'elfe
éclose d'une chanson de Brentano, et qui répondait au sylvatique prénom d'Erica. Elle rempla-
çait la masseuse qui le rééduquait tous les soirs.
Elle était douce et blonde, avec des pommettes
qui lui faisaient une frimousse en forme de
cœur. À son cou battait une jolie veine perven-
che. Chassignet crut revoir une de ses tantes qui
dans les années 50 avait passé un été chez ses
parents.

Il avait alors douze ans et vivant toute l'année
enfermé au collège, ses premières montées de
sève coïncidèrent avec la lecture du théâtre de
Racine, au programme de la quatrième. Il se
crut Hippolyte et se consuma d'amour fou pour
cette jeune sœur de sa mère qui, surgie de Paris
sur une Harley Davidson, portait de larges jupes

fleuries, se parfumait de *Soir de Paris* de Bourjois et montait avec lui dans les cerisiers.

Récemment, en découvrant dans une brocante une de ces bouteilles bleues du parfum Bourjois, il avait été saisi d'une bouffée de chaleur. À chacun sa madeleine, pensa-t-il, en revoyant l'image de cet amour d'enfant. Elle l'entraînait parfois dans les bals paysans des villages voisins et le petit Chassignet enrageait de la voir valser dans les bras des gars du pays exhibant leur joyeuse robustesse devant la Parisienne. Ces jeunes agriculteurs avaient le sang chaud et la souple danseuse, très libérée pour l'époque, semblait goûter de telles églogues avec fraîcheur et simplicité. L'adolescent n'en dormait pas. Dans son lit, il se déclamait les alexandrins sublimes de *Phèdre* et en marinant dans ses oreillers trempés de larmes, il guettait le bruit de la moto jusqu'à l'aube.

Son père n'appréciait guère les escapades du samedi soir de sa jeune belle-sœur. Il trouvait qu'elle offrait un déplorable exemple à son rejeton. Aussi ne fut-elle pas invitée à revenir l'été suivant.

Après les soins, l'infirmière s'était attardée sur le lit du blessé. Alors que sur l'écran Nicholson se livrait à une scène torride avec Jessica Lange, elle glissa sa main sous le drap et prouva à Chassignet qu'elle savait anesthésier le grabataire avec d'autres recettes que celles reconnues par l'Académie de médecine. Malheureusement Erica était une oiselle de l'espèce volubile, de celle qui ne supporte pas les silences. En voiture, quand Chassignet n'avait rien à dire, elle insistait : « Alors, qu'est-ce que tu as ? Tu fais la gueule ? » Chassignet n'entendait pas se laisser saouler avec d'autres substances que le vin. Il congédia cette pie rhénane avant même que fût remise en état.

Le soleil avait transformé la voiture en four, Chassignet cuisait à l'étouffée sous son burnous alors que le paysage se peuplait de mirages. D'éphémères lacs d'un bleu profond apparaissaient à l'horizon puis s'évaporaient parmi les dunes. Ils s'arrêtèrent au poste de contrôle situé au bord de la route à mi-chemin d'Abou Simbel.

— Viens, Claude, nous allons faire une pause ici.

Deux jeunes soldats vêtus de guenilles contrôlèrent leurs papiers. Ils étaient joyeux et sympathiques.

— Tu es français ? Bienvenue en Égypte ! Président Mitterrand ami d'Égypte !

Chassignet leur dit en arabe que Mitterrand était mort.

— Oui, c'est le destin ! Est-ce que tu as une cigarette ?

Prévoyant, Chassignet emportait toujours quelques cartouches avec lui. Il gratifia les deux garçons d'un paquet avant d'aller s'asseoir dans la cabane de fortune où l'on servait des rafraîchissements aux voyageurs. Un vieil homme lui souhaita la bienvenue et lui offrit un thé.

Abou Bakr vérifia la mécanique et rajouta de l'eau dans le radiateur avant d'ouvrir son coffre d'où il sortit un narghileh.

— Je sais que tu fumes, j'ai emporté mon matériel personnel pour toi.

Cette sollicitude toucha Chassignet infiniment. Ce garçon était d'une délicatesse surprenante. Le vieillard prépara un feu dans un petit brasero rouillé, l'alluma après l'avoir aspergé d'essence et apporta une pelle de braises au bout de dix minutes. Abou Bakr prépara le tabac dans la coupelle et Chassignet fut estomaqué de le voir saisir les braises de ses doigts nus.

— Es-tu fou ? Tu ne te brûles pas ?

— Non, ça ne me fait rien.

Chassignet lui prit la main et palpa la peau de ses doigts.

Elle était douce et fine, comme celle d'une fille, sans cal ni cicatrice.

— Abou Bakr, je suis certain que tu n'es pas tout à fait un être humain.

Le jeune homme se mit à rire :

— Quelqu'un d'autre m'a déjà dit cela !

— Ton ami français ?

— Oui, et dans les mêmes circonstances. Le coup de la braise semble épater tous les Français !

— Avoue que ce n'est pas banal !

— Ce n'est pas rare. Je connais beaucoup de Nubiens qui peuvent faire cela.

— Je n'ai jamais vu quelqu'un charger un narghileh sans pincette, et je fréquente vos cafés depuis des années. Ton ami fumait ?

— Pas en arrivant ici. Mais il y a pris goût, car il appréciait l'objet et toute la cérémonie. Je lui ai enseigné l'art de fumer à notre façon.

— Abou Bakr, je ne voudrais pas que tu m'accuses à nouveau d'indiscrétion. À chacune de nos rencontres nous évoquons cet ami français qui semble tenir une grande place dans ta vie. Votre relation me paraît quelque peu énigmatique, compliquée. Tu n'as pas l'air spécialement heureux lorsque nous en parlons. As-tu des problèmes ? Est-ce que tu ne veux pas en parler ?

— Oui, Claude, peut-être. J'ai confiance en toi. Il est peut-être temps pour moi de m'ouvrir à quelqu'un. Mais ce n'est pas facile. Attendons encore un peu.

« C'est gagné ! » se dit Chassignet. Quand ils remontèrent en voiture, il fut pris d'une forte envie d'embrasser son compagnon, mais il sut la refréner à temps, les signes extérieurs d'enthousiasme risquant de compromettre les confidences promises.

— Je suis fatigué, je vais m'allonger à l'arrière et dormir un peu.

Dans le rétroviseur Chassignet put voir le visage de son chauffeur. C'était un masque volontaire et pensif. Chassignet s'enfonça dans un sommeil de pierre.

IX

Abou Simbel est un petit village crasseux avec des masures en perpétuelle réfection, une pompe à essence, un bazar minable, trois cafés nubiens, un vieil hôtel décrépi pompeusement affublé du nom dynastique de Ramsès et, plus près du temple, un établissement moderne, assez luxueux avec jardins et bungalows.

— Dans quel hôtel veux-tu descendre ?

— Dans le vieux Ramsès, au village, mon cher Abou Bakr !

— Je m'en suis douté.

— Ah oui ? Tu ne nous vois pas dans le bel hôtel, dînant gaiement avec des petits-bourgeois bavarois en goguette ? Tu ne veux pas danser avec les jolies touristes ?

— Arrête, tu n'es pas drôle !

L'hôtel Ramsès était désert. La plupart des touristes ne passent pas la nuit à Abou Simbel. Ils viennent par car avec la caravane du matin, visitent le site à la pire heure de la journée, déjeunent à l'hôtel moderne et s'en retournent à Assouan avec la caravane du soir. Même programme pour ceux qui viennent par avion. Presque tous les visiteurs voyagent en groupes organisés, guidés, restaurés et emballés selon un programme tarifé et réglé à l'avance. D'ailleurs, outre le grand temple il n'y a rien à visiter et seuls les voyageurs indépendants couchent ici parfois.

Chassignet demanda deux chambres au réceptionniste.

— Les meilleures, je vous donne les meilleures, Monsieur, avec tout le confort, la salle de bains et de bons lits.

Les chambres étaient construites dans le style nubien, avec un plafond en forme de coupole, un mobilier sommaire, des lits étroits. La salle de bains était un coin douche fort épidermé avec une tuyauterie agonisante.

Après un pénible concerto de gargouillis la douche parvint à cracher de l'eau un peu chaude. Chassignet apprécia son rinçage. Il changea sa galabiyah grise pour une plus légère en coton blanc et retrouva Abou Bakr dans le patio.

Ils déjeunèrent dans un petit café local, où les villageois regardaient la télévision. Ce fut frugal, mais bon : des tomates aux œufs, quelques brochettes de *kofta* et un gâteau de semoule au miel.

— Est-ce que tu veux aller au temple ?

— Non, allons-y ce soir quand les cars seront repartis. Je préfère rester au village à lire et à fumer.

Abou Bakr retourna à l'hôtel pour dormir quelques heures et Chassignet s'allongea sur la banquette du café. Il était impatient de savoir si les trois routards de Jim Harrison réussiraient à détruire le barrage. Au huitième narghileh le barrage explosa. Toute cette histoire avait fini très mal. Chassignet imagina des terroristes faisant sauter le barrage d'Assouan. Une vengeance des anciennes divinités égyptiennes ! Cette perspective le mit de bonne humeur. Il alla flâner dans le village, s'égara au bord des rives polluées du lac Nasser, bavarda avec les pêcheurs et fit quelques échanges de ballon avec des enfants. Le soleil se noyait dans le lac quand les cars de touristes s'ébranlèrent vers Assouan. Puis ce fut le silence autour des sanctuaires que Ramsès II, il y a plus de trois mille ans, s'était fait construire « pour l'éternité ».

Près de la chapelle de Ré-Horakty, le dieu soleil, un vieil homme accomplissait les prières musulmanes au dieu unique. Amon, Thot, Horus, Allah, les divinités changent, mais le même soleil réchauffe ici des hommes toujours à genoux.

Une strophe d'un sonnet du *Mépris de la vie* de Jean-Baptiste Chassignet revint en mémoire au tardif homonyme :

> *Comme la rouille au fer la pourriture au bois*
> *S'engendre et se nourrit à toute chose née ;*
> *Règne, Empire, Cité, la cause est ordonnée*
> *De trépasser un jour, et finir quelquefois.*

Abou Bakr se tenait sur l'étroite terrasse du temple, drapé d'une galabiyah ivoire que le soleil couchant teintait d'or. Il portait sur la tête une large écharpe brodée arrangée comme un turban.

— Tu te demandes peut-être pourquoi ce site monumental a été érigé si loin du lieu de résidence royal du Delta ou de la prestigieuse Thèbes ? Les constructions d'Abou Simbel avaient un but politique et économique. Ramsès voulait en Nubie une porte ouverte sur l'Afrique intérieure d'où venaient tous les produits nécessaires à l'économie égyptienne. Apporter au fond de la Nubie la richesse et la gloire de la culture du Delta a beaucoup contribué à pacifier la région. Et c'est en Nubie que se trouvaient les mines d'or les plus productives, dans le site aurifère du Ouadi el-Alaki ! … La Nubie a toujours été une terre de résistance et d'affrontements et je crois qu'aujourd'hui encore les Nubiens impressionnent les gens du Nord. Nous sommes un peuple différent, avec notre culture, notre peau noire, nos deux langues et nos coutumes. La langue nubienne a parfois servi de code secret.

À 8 heures un employé de l'hôtel vint leur annoncer que le dîner était servi. Ils furent conduits dans une salle à manger immense et vide où seule leur table était mise. Un local lugubre dont le décor évoquait une cantine soviétique et non les fastes des Mille et Une Nuits. La salle était à peine éclairée. Un serveur habillé en loufiat d'opérette vint allumer une bougie torsadée plantée dans une bouteille de Barakat, l'eau minérale nationale. Sur le bar qui n'avait jamais recelé d'alcool, trônait parmi des échantillons de Fanta, Coca et autres Seven Up un ridicule petit sapin synthétique orné d'un père Noël suisse clignotant, dérisoire cadeau d'un touriste qui avait peut-être passé ici un inoubliable réveillon.

On leur servit un repas abject qui ressemblait à la mauvaise cuisine internationale offerte dans les charters.

Abou Bakr riait de la tournure que prenait

leur expédition. Son sens de l'humour sauva la situation, car Chassignet avait l'habitude de choyer son estomac et l'impossibilité de lui assurer au moins un repas agréable par jour risquait de détruire sa bonne humeur pour un moment.

— Mon ami, il est hors de question pour moi d'avaler ce poulet à la peau blanche et gluante ! Filons d'ici !

— Tu veux rentrer à Assouan ce soir ? Il est trop tard. Le convoi est parti.

— Je ne veux pas rentrer ! Je ne désire qu'une chose, un repas convenable et copieux. Va te renseigner au village.

Une demi-heure plus tard, ils étaient étendus sur les tapis de l'arrière-salle d'un café populaire. Tous les mâles du quartier fumaient et jouaient aux dés à la terrasse.

— J'ai une surprise pour toi, Claude ! En attendant calme ton estomac avec les entrées.

Deux gamins facétieux, qui gambadaient pieds nus, se mirent à jouer les serveurs burlesques comme dans une mamamoucherie de Molière. Un troisième était planqué dans un coin. Au son d'un tambourin il exécuta l'ouverture de ce ballet improvisé. Les deux autres, imitant les danseurs d'Orient, se tortillèrent au rythme en apportant des plats d'okras, de tomates, de crèmes d'aubergines, de blé cuit, de purée de fèves.

Soudain la musique s'arrêta, puis elle reprit sur un rythme différent, lent et solennel. Raides comme des esclaves nubiens dans un péplum des années 50, les deux garnements s'avancèrent, portant à quatre mains un large plateau ciselé où scintillait dans un nid de verdure la peau d'or de quatre pigeons dodus.

Chassignet et Abou Bakr applaudirent. Un tonnerre de bravos mêlés de cris et de chants s'éleva dans leurs dos. Les consommateurs de la terrasse étaient entrés sans bruit pendant le spectacle.

Une fois de plus Chassignet comprit pourquoi il avait chaque année besoin de quitter la France et de se décrasser la cervelle au contact d'une civilisation aussi chaleureuse. Les Nubiens sont gais. Ils aiment chanter, rire et leur joie de vivre est contagieuse.

Ils ne coupèrent pas aux plaisanteries habituelles sur les propriétés de la chair du pigeon. Un jeune déluré qui ignorait que Chassignet entendait l'arabe lança à Abou Bakr : « Fais gaffe à ton cul cette nuit ! » Chassignet depuis longtemps rodé à ce type de plaisanteries chères aux felouquiers et chauffeurs de taxi, lui répondit en arabe : « Le tien ne risque plus rien, tous les chiens de la Nubie le connaissent déjà ! »

Son sens de la repartie lui valut une ovation. Quand ils mirent la braise sur le narghileh, les villageois étaient partis.

— Merci Abou Bakr, je n'oublierai jamais cette nuit à Abou Simbel !

Chassignet était toujours assis à terre le dos appuyé contre la couche-banquette. Abou Bakr était allongé sur la banquette en face de lui. Il souriait en silence. Bouleversé, mal à l'aise, Chassignet pensa soudain à Meryem. Elle l'avait bel et bien congédié. Une bouffée de chaleur le submergea quand il se remémora leurs récentes étreintes.

« Et me voici comme un corps en peine, fourré de trois pigeons aphrodisiaques, devant un des plus beaux spécimens de l'espèce humaine, allongé devant moi dans une position d'abandon des plus crispantes ! »

Chassignet dut alors s'avouer qu'il idolâtrait Abou Bakr, mais il savait aussi qu'on ne touchait pas aux idoles. Se souvenant de la dédicace des *Sept Piliers*, il se dit que Lawrence d'Arabie avait sans doute bâti son épopée avec une ferveur puisée aux mêmes sources de mirages et de sables mouvants.

Bien que n'ayant jamais produit que des ouvrages d'érudition, Chassignet savait que sa vie, ses aventures, ses sentiments, ses rencontres étaient toujours dictés, et vécus avec d'encombrantes références littéraires. La poésie était la colonne vertébrale de sa solitude et de ses errances. N'étant pas poète lui-même il avait fait de sa vie

— souvent d'une façon inconsciente — une sorte de film très hétéroclite dont le scénario aurait été rédigé par les auteurs qu'il aimait. Ce soir elle avait les couleurs et la musique des chants de Hāfiz.

— Abou Bakr, peux-tu me parler de ton ami français ?

Vint alors le récit d'Abou Bakr.

X

— Tu connais mon ami, tout le monde le connaît en France. C'est le pianiste Denis Versenna, l'homme qui a disparu l'an dernier. L'histoire a dû faire du bruit chez vous. Ici la police a plus ou moins étouffé l'affaire. Je suis persuadé que tu as pensé à lui dès que j'ai évoqué cette amitié.

Chassignet ne répondit pas. Il avait décidé de n'interrompre ces confidences par aucune question, aucun commentaire. Abou Bakr restait allongé. Il parlait avec douceur en fixant le plafond :

— Sans être riche, mon père avait assez d'argent pour me permettre, après mes études secondaires à Assouan, de m'inscrire à l'université d'Alexandrie. J'ai commencé d'étudier la langue française à onze ans. Et je suis peu à peu tombé amoureux de ton pays, de sa littérature et de son histoire. À quinze ans j'avais décidé d'aller visiter ta patrie comme on entreprend un pèlerinage. À l'université j'ai choisi les lettres françaises. En ce temps-là Paris était ma terre promise, ma Mecque secrète, ma Floride ! La plupart des jeunes Égyptiens ne rêvent que d'utopiques Californies, de femmes blondes et de puissantes voitures. Moi je flânais dans Paris avec Apollinaire, Verlaine et Léon-Paul Fargue.

» Mais le destin en a décidé autrement. Mon père est mort subitement en nous laissant dans une situation catastrophique. Je suis l'aîné de la famille. Mon frère n'avait que quinze ans et ma petite sœur dix. Ma mère anéantie par ce malheur tomba gravement malade. J'ai quitté Alexandrie et, renonçant à poursuivre mes études, je suis devenu le chef de ma pauvre famille. Nous avons vécu quelques années difficiles. Ma nature solitaire et sauvage ne s'accommodait pas du seul métier que me permettaient mes études de français. Pourtant, j'ai exercé comme guide touristique pendant presque deux années.

» La guerre du Golfe a résolu mon problème. La disparition des groupes de touristes a fait de moi un chômeur. J'ai alors exercé toutes sortes de petits métiers. Un jour, mon oncle, un homme bon qui a aidé ma mère pendant ces rudes années, m'a offert cette voiture. Il connaissait le directeur de l'agence où tu m'as trouvé et m'a chaudement recommandé à lui. C'est ainsi que je suis devenu chauffeur pour touristes. Je me chargeais surtout des voyageurs français. Grâce à eux j'ai pu continuer de parler votre langue régulièrement. J'ai fait connaissance avec des familles intéressantes, des gens cultivés avec lesquels j'ai gardé des contacts.

» Certains sont revenus ici, sont devenus des amis. Ce sont eux qui m'ont offert tous mes livres. En quelques années j'ai réussi à me constituer une intéressante bibliothèque. J'ai d'ailleurs plus appris avec ces livres qu'avec tout ce qu'on m'a enseigné à l'Université.

» Peu avant Noël de l'an dernier, j'ai invité mon frère et ma sœur à dîner dans ce restaurant que tu aimes tant, là où ton professeur d'arabe te gave de pigeons. En face de moi, seul à une table, un homme jeune et beau était absorbé dans la lecture d'un vieux livre de petit format relié en cuir brun. Je ne pouvais m'empêcher de le regarder, ce dont il s'aperçut très vite. Nos regards se sont plusieurs fois croisés. Il venait de commander un café bédouin. Tu connais tout le cérémonial qui accompagne cette boisson : les tasses parfumées à l'encens, le café à la cardamome servi dans un pot en terre posé sur les braises. Mon jeune frère qui est bien plus expansif que moi s'adressa à l'étranger en arabe. J'assurai la traduction anglaise.

» — Monsieur, si vous buvez tous les jours de ce café vous aurez la peau aussi noire que la mienne au bout d'un mois !

» — Ce serait magnifique ! répondit-il.

» Comme l'homme était très blond mon frère lui demanda s'il était allemand.

» — Non !

» — Canadien ?

» — Non !

» — Suédois ?

» — Non, je suis français !

» Je l'ai alors invité à se joindre à nous. Il était enchanté de rencontrer un Nubien qui parlait français. C'est ainsi que j'ai connu Denis Versenna. Il était à Assouan depuis peu de jours.

» Comme toi il habitait l'Old Cataract et s'était contenté de ce que tous les touristes font ici : la visite du tombeau de l'Agha Khan, celle du temple de Philae, quelques promenades au souk et dans les felouques. Il m'engagea comme chauffeur et guide. Notre amitié fut comme un coup de foudre.

» Quand nous nous sommes revus le lendemain, ce fut comme si nous nous connaissions depuis toujours. Pendant les deux semaines qui ont suivi nous ne nous sommes plus quittés. Je l'ai emmené à Kom-Ombo, à Edfou, à Esna, dans la Vallée des Rois. Nous sommes venus à Abou Simbel pour le réveillon du nouvel an qu'il ne voulait absolument pas vivre parmi les cotillons de l'Old Cataract. Une foule d'Égyptiens aisés du Caire vient en famille passer la fin de l'année dans le Sud. Ils sont ravis de fêter l'an neuf dans les grands hôtels qui organisent des dîners avec musique, spectacles, danses du ventre et confettis. Versenna fuyait ce type de divertissement.

» Est-il utile de te préciser que nous avons couché dans le même hôtel qu'aujourd'hui ?

» Un soir de janvier, il m'a emmené dans un petit salon privé de l'Old Cataract en priant la direction qu'on ne nous dérange pas. Pendant plus d'une heure il a joué au piano, pour moi seul, les *Études* de Chopin, les *Sonates* de César Franck, des pièces de Ravel et de Jean-Sébastien Bach.

» Les journées que j'ai passées avec Denis furent les plus radieuses de toute mon existence. J'étais transformé par notre amitié, j'avais repris confiance en moi. Dans sa chambre il avait quelques recueils très anciens de poètes français dont je n'avais jamais entendu parler. Quelquefois il me lisait leurs vers. Il aimait aussi passer la fin de la journée dans notre maison au village. Ma mère nous préparait alors de beaux repas et nous restions très tard dans la cour intérieure à fumer le narghileh sous les étoiles. À la mi-janvier il a dû repartir pour donner des concerts en Europe. Il est revenu en février, chargé de livres et de disques. Il m'a offert tous ses enregistrements et cette montre qui t'intriguait tant l'autre jour.

» Comme tu ne me demandes rien, je vais répondre moi-même à la question que sans doute tu brûles de me poser : oui, nous couchions ensemble, mais pas dans le sens habituel du terme. Je dois t'avouer que, comme presque tous les garçons d'ici, hormis ceux qui se prostituent avec les touristes, je n'ai jamais eu de relations vraiment sexuelles. Sais-tu que beaucoup de Nubiens sont encore vierges lorsqu'ils se marient ? Les jeunes filles et les femmes sont inaccessibles, tu as dû t'en rendre compte. Quant à ceux qui pratiquent les touristes, je pense que leurs exploits sont relativement limités. Il n'y a ici ni liberté de mœurs ni culture érotique ! La religion musulmane est un catalogue de tabous. Les adolescents un peu trop bouillonnants se consolent quelque peu entre eux, mais ce n'est pas le *Kāma-sūtra*. Leurs exercices sont plutôt sommaires et rapides. Des femmes comme celle que tu fréquentes à l'île Éléphantine sont rares dans le Sud. D'ailleurs ta Meryem n'est pas nubienne et je pense que, dans le village où on la tolère, elle mène plutôt une vie de paria.

» Je ne couchais donc pas vraiment avec Denis, disons plutôt que nous dormions ensemble. Pendant son second séjour, il se mit à changer. Il était toujours aussi amical, mais je ne le voyais plus tous les jours. Il lui arrivait de disparaître sans prévenir, puis de resurgir on ne sait d'où, sans explication.

» Parfois, alors que nous passions une journée ensemble, il semblait totalement absent. Il ne parlait presque plus, comme si nous avions définitivement épuisé tous les sujets de conversation.

» Un matin, alors que je devais le retrouver après son petit déjeuner, on m'annonça à la réception qu'il était malade et qu'un médecin était venu dans la nuit. J'ai interrogé le garçon d'étage.

» — Il est arrivé dans la nuit en sang, couvert de blessures, incapable de remonter seul dans sa chambre, comme drogué. Le veilleur de nuit a appelé un médecin qui l'a soigné.

» Le garçon m'a ouvert la chambre avec son passe. Denis était couché, le visage tuméfié. Le médecin avait recousu son arcade sourcilière. J'ai relevé le drap. Denis était couvert d'ecchymoses. Il dormait, assommé par le sédatif qu'on lui avait administré. Je suis resté dans sa chambre toute la matinée pour le veiller. Ses vêtements couverts de sang traînaient à côté du lit. Je les ai emportés pour que ma mère les nettoie. Quand il s'est réveillé en fin d'après-midi, je l'ai interrogé vainement.

» — Denis, qui t'a fait ça ? Il faut prévenir la police ! Qui t'a attaqué ? Est-ce qu'on t'a volé ?

» Il m'a répondu que cela ne regardait que lui, qu'il m'interdisait d'en parler à qui que ce soit et que je devais cesser de l'interroger. Je ne l'ai plus quitté les jours suivants. Puis nous sommes partis dans la région des oasis. Mais rien ne fut plus pareil. Le voyage devint triste. Je ne savais comment briser le mur de silence qui s'était dressé entre nous.

» Après notre retour à Assouan, je le vis de moins en moins. Nous eûmes cependant quelques belles journées comme avant. Après un mardi particulièrement gai au marché des chameaux de Darau j'ai cru que tout était redevenu normal. Ma mère avait préparé un festin. Notre cour était pleine d'amis, de cousins, de voisins et nous avons tous fini la nuit dans un autre village où l'on célébrait un mariage. Denis a dansé pendant des heures. Je lui avais donné une de mes galabiyahs.

» Son séjour se poursuivait tant bien que mal, avec des jours clairs et d'autres sombres. Il disparaissait à nouveau, puis revenait comme si de rien n'était. Puis vint la fête des sacrifices, l'*Aïd el-Kébir*. Nous l'avions invité à la maison. Tu sais que ce jour-là, les musulmans égorgent un agneau. Nous étions une vingtaine de convives. Ma mère est pratiquante. Dans ma famille on a toujours célébré rigoureusement les fêtes de l'islam. Un de mes cousins avait égorgé un agneau dans la cour. Denis se tenait parmi nous, fasciné par la scène. Je ne lui ai jamais vu cette expression. Il était sombre, crispé, avec un regard d'illuminé. Soudain il s'est approché de l'agneau. Imitant notre rite il a trempé sa main dans le sang frais, puis l'a apposée contre le mur blanc. Pour nous cette marque est censée attirer la bénédiction de Dieu sur la maison. Son geste stupéfia toute l'assistance. Il garda longtemps la main contre le mur puis se retourna vers nous en souriant et nous quitta aussitôt en disant : "Que Dieu vous bénisse, chers amis."

» J'ai voulu le raccompagner à son hôtel, mais il a refusé. Il avait décidé de rentrer à pied. C'est une longue route : plus de quinze kilomètres ! Il s'est approché de moi, m'a embrassé très tendrement puis m'a ordonné de rejoindre ma famille. Je n'ai pas insisté. Personne n'a jamais revu Denis. Jamais il n'est rentré à l'hôtel. Au bout d'une semaine tout le monde s'est sérieusement inquiété. La direction du Cataract a prévenu la police et la presse s'est emparée de l'affaire. J'ai été longuement interrogé, ainsi que tous les miens.

» Tu dois connaître la suite puisque la presse et la police françaises s'en sont mêlées. Mais elles se sont heurtées à une muraille et l'affaire

146

fut oubliée après quelques mois. Quant à moi, j'en reste à jamais meurtri. Je ne pourrai retrouver la paix avant de savoir ce qu'est devenu mon ami.

— Viens, Abou Bakr, il faut se coucher. Je te parlerai demain. Moi aussi j'ai des confidences à te faire !

XI

Chassignet fut tourmenté toute la nuit. Impossible de fermer l'œil. Il n'avait plus rien à lire et aurait donné un an de sa vie pour une bouteille d'alcool. Peu avant son départ il était tombé par hasard sur un fragment d'entretien radiophonique de Marguerite Duras. Alors qu'il confectionnait une pâte au sel pour enrober une volaille, avec à portée de main un verre de meursault, la romancière, de cette voix ponctuée de silences qui lui avait valu autant de sarcasmes que d'adoration avait professé : « L'alcool... l'alcool... c'est Dieu... Oui... c'est Dieu. »

Épuisé, les nerfs à vif, complètement chamboulé par le récit d'Abou Bakr, tout son organisme en manque clamait dans ce désert hanté de cauchemars éveillés : à boire ! Spiritueux, spirituel, même racine ! Il se remémorait que Versenna abreuvait ses fringales baroques au *Pressoir mystique* des poètes français comme il aimait boire le vin du Bien-Aimé célébré dans le *Divan* du poète persan Hāfiz Chams ed Din.

Abandonné dans sa nuit amère, sevré de ce breuvage qui apaise tout, Chassignet comprit l'étrange profession de foi de la vieille Margot.

Les confidences de son compagnon fournissaient une piste, rien qu'une piste. Mais l'énigme restait loin d'être résolue.

Le jour nouveau éclairait déjà les sanctuaires rupestres, mais Chassignet qui venait à peine de trouver le sommeil rêvait de sang, de mares de sang d'agneaux immolés, de la galabiyah de Versenna souillée de rouge, des remparts blancs couverts d'empreintes de mains sanglantes. Même Claudio lui apparut en rêve :

« Un saigneur ! Chassignet, c'est le couteau de ton saigneur ! » Il ne se réveilla que l'après-midi. Abou Bakr avait fait le plein d'essence. Il fallait reprendre la piste.

— Pardonne-moi Claude, je n'aurais pas dû me laisser aller comme je l'ai fait. J'ai été indiscret. Mes confidences t'ont sans doute mis dans l'embarras.

— Ne te reproche rien ! Sans le savoir, tu as fait exactement ce que je souhaitais. Je vais enfin pouvoir te dire la vérité. Je connaissais Denis Versenna et je suis revenu en Égypte cette année pour résoudre l'énigme de sa disparition. Tu représentais ma seule piste. Je me suis arrangé pour te rencontrer. Pardonne-moi de t'avoir caché cela, mais jusqu'à ton récit j'ignorais ton rôle dans l'histoire. Pouvais-je te faire confiance ? Je me demandais même si tu n'étais pas impliqué dans sa disparition.

Chassignet se sentit soulagé. Désormais il n'était plus seul. Il fit à Abou Bakr le récit complet de ses relations avec Versenna. Il ne lui cacha rien de ce qu'il avait découvert à Assouan, la visite du policier chez Meryem, le dîner guet-apens de Claudio. Le garçon se taisait. Il semblait abasourdi.

— Est-ce que tu m'en veux ? Je n'ai pas été honnête avec toi. J'ai un peu agi en flic.

Le Nubien ne répondit pas, il continua de conduire comme s'il était uniquement absorbé par la route. Chassignet le regardait, mais Abou Bakr ne se tourna pas vers lui. Son beau profil était celui d'un masque. Chassignet n'insista pas. Il appuya sa tête sur le dossier et ferma les yeux.

Près d'une heure s'était passée quand Abou Bakr s'arrêta en plein désert. Il descendit de voiture et s'éloigna lentement vers un petit relief à une centaine de mètres de la route. Chassignet le vit s'asseoir au sommet d'un rocher. Immobile, le garçon contemplait le désert. Au bout de dix minutes, Chassignet décida d'aller le rejoindre. L'air était brûlant, pas un souffle ne troublait les dunes. Sans se retourner, d'une voix triste et grave Abou Bakr dit alors :

— Je m'étais arrêté ici l'an dernier avec Denis. Devant ce rocher nous avons trouvé un chameau à moitié décomposé. Un grand rapace lui dévorait les chairs. Denis contemplait ce spectacle avec une étrange avidité. J'étais horrifié et lui demandai de partir.

» — Abou Bakr, me dit-il, contemple ce tableau et essaye d'imaginer la vie comme ce jeu cruel. Si Dieu avait voulu que je sois un de ces animaux, lequel crois-tu qu'il m'aurait fait incarner ?

» — Tais-toi, Denis, car si tu crois en Dieu, tu blasphèmes ! Tu n'es pas un animal.

» — Alors oublie Dieu, c'est un jeu, rien qu'un jeu.

» — Je n'ai pas le goût du jeu, Denis, arrête cette plaisanterie macabre !

» — Qui suis-je, Abou Bakr, le vautour ou le chameau ?

» — C'est stupide ! Disons que tu es un aigle. Un oiseau des grands espaces. Tu as des yeux d'or et d'émeraude, tu es un grand artiste et tu planes au-dessus de nous à haute altitude.

» — Pas du tout ! Je suis la charogne, la charogne déjà entamée qui consent petit à petit à se laisser dévorer.

» Il avait dit cela d'un air si résigné que j'en ai pleuré. Denis était habité par la folie.

151

Chassignet prit le Nubien par les épaules, le serra de son bras et l'entraîna.

— Viens, partons d'ici !

— Claude, nous devons être prudents ! Ce que tu m'as raconté est inquiétant. Ce policier qui a prononcé nos noms chez Meryem me fait peur. Tout cela doit avoir un rapport avec Denis. Mais nous sommes deux maintenant. Nous allons résoudre l'énigme ensemble !

Deux heures plus tard, Abou Bakr déposa Chassignet à l'hôtel.

— Repose-toi ce soir, je viendrai te chercher demain. Tu déjeuneras dans ma maison.

Au moment où il pénétrait dans sa chambre le téléphone sonna.

— Salut Chass, c'est Claudio ! Viens au café ce soir. Notre ami Gamal a organisé une petite fête en amont du Nil. Je compte sur toi.

— J'y serai !

Après ces deux jours éprouvants Chassignet fut heureux de changer d'air avec les joyeux compagnons du café et les plaisanteries de Claudio. Il s'octroya une goulée de Jack Daniels à la bouteille de secours planquée dans son armoire et se fit couler un bain. Le garçon de chambre avait fleuri la table de nuit, le bureau et la salle de bains. Devant une telle débauche florale — la pièce avait une allure de tombe de soldat inconnu un jour de commémoration —, Chassignet se dit qu'un de ces soirs il allait tout de même devoir remercier vigoureusement le décorateur.

XII

Dans le hall Chassignet croisa le couple d'Anglais qui séjournait dans la suite à grand balcon proche de sa chambre. Il les salua avec civilité et, pour la première fois, le vieillard répondit par une phrase complète :

— Oh, merci cher Monsieur, j'espère que vous allez bien. Ce fut une belle journée, n'est-ce pas ? Une belle journée en vérité.

À chaque séjour Chassignet retrouvait là un couple taillé sur ce modèle, comme si l'hôtel — où Agatha Christie avait situé son roman *Mort sur le Nil* — se faisait un devoir d'abriter des caricatures coloniales pour rappeler les anciens grands jours.

La cuvée de cet hiver était parfaite. Le mari portait ses quatre-vingt-cinq ou quatre-vingt-dix ans avec la satisfaction non déguisée d'un ex-major de l'armée des Indes persuadé de représenter la seule nation civilisée au monde. Long vieillard sec et buriné aux yeux myosotis il arborait une épaisse moustache de neige. La bobine de Pétain, en plus viril ! Le jour il se promenait en short et chemise blanche, le soir il dînait en habit noir. Sa femme faisait penser aux exquises grands-mères des albums de Kate Greenaway. Quand il la vit pour la première fois sur leur terrasse, souriante et gracieuse, Chassignet crut respirer l'earl grey et l'apple-pie. Il fut extrêmement surpris quand mammy se versa un double scotch à l'heure où toutes les vieilles Anglaises sacrifient à la religion du thé.

Hassan, le garçon d'étage rompu au langage floral, leur apporta un plateau avec des sandwichs au concombre, des pâtisseries orientales et une théière. Avant de se retirer, il fit derrière le dos des Anglais un grand signe d'amitié à Chassignet.

Tous les soirs, en attendant le coucher du soleil sur les dunes, madame lapait son pur malt et se goinfrait de polars et de sandwichs au concombre, tandis que le major, raide comme un viride glaïeul, se livrait à de méticuleux travaux de broderie en se gavant de sucreries.

Il leur fallut quatre jours pour répondre aux salutations de Chassignet qui les croisait tous les matins dans l'interminable couloir conduisant à la salle où se prenait le petit déjeuner.

Très conscient de sa majesté, le vieillard semblait considérer que nul ici-bas n'était digne de lui coexister. Philémon et Baucis revus par Somerset Maugham, ils évoluaient dans l'hôtel et dans les sentiers du jardin sans accorder la moindre attention à quiconque.

Un matin où Chassignet les avait salués avec une voix d'aboyeur de soirée consulaire, ils consentirent à lui répondre par un discret hochement de tête. Deux jours plus tard ils daignèrent articuler un « *Good morning, Sir* ». On était sur la voie de l'entente cordiale ! « Une phrase complète aujourd'hui ! Dans un mois, il me contera ses exploits militaires avec Lawrence d'Arabie ou Kitchener, tout en perfectionnant son point de croix ! »

Le café était bondé. De loin Chassignet repéra Claudio. Drapé d'une galabiyah bordeaux, la tête recouverte d'une écharpe blanche, il interprétait avec des grands effets de manches son personnage de comédie de café, rôle dans lequel il excellait dès qu'il mettait les pieds en ville. Dans les repaires populaires qu'il fréquentait, Claudio cessait d'être le *moudir*[1].

Certains de ses employés qui le suivaient à terre se permettaient alors des familiarités qu'il n'eût jamais tolérées à bord. Sur le bateau, mal-

1. Directeur.

gré les perpétuels harcèlements en tout genre exercés par Claudio sur leurs jeunes cervelles et anatomies, aucun garçon ne se serait autorisé un « droit de réponse » ! Le *moudir*, c'est le grand chef ! Au boulot on écrase, on essuie, on brique, mais on la ferme !

Claudio avait depuis toujours eu l'intelligence d'abolir la hiérarchie en dehors du travail :

« À bord, ils sont mes employés ! Dès que je débarque je ne suis plus que l'invité. Ils sont ici chez eux et me font depuis quinze ans l'amitié de me tolérer ! »

Chassignet se fraya difficilement un chemin jusqu'à son ami.

— Nous n'attendions plus que toi ! Gamal est déjà sur les lieux ! Filons ! *Yallah !*

Ils étaient une trentaine sur la gabare à moteur de Gamal qui louvoya, en amont du Nil, à travers le chapelet d'îlots qui précèdent les îles Salouga et Sehel.

La nuit était « enchanteresse » comme dans l'air de Nadir des *Pêcheurs de perles* que Chassignet se surprit à fredonner spontanément — « aux clartés des étoiles… je crois encore la voir entrouvrir ses doux voiles au vent tiède du soir… Divin ravissement, tralala… » Ô Meryem ! Que fais-tu ?

La mélodie de Bizet se noya dans le rythme des tambourins et des chœurs nubiens, lorsqu'ils abordèrent à l'île Sehel. Sur la plate-forme rocheuse qui surplombe la côte abritée, deux agneaux rôtissaient à la broche. Le cercle des musiciens s'ouvrit quand Claudio et Chassignet arrivèrent sur les lieux, puis la ronde des felouquiers se referma sur eux. À leur chœur se mêla celui des nouveaux venus et tous les convives dans le cercle se mirent à danser sur le mode nubien, en ondulant des hanches, les bras levés vers les étoiles.

Chassignet ne bouda point le mérinos. Lubrifié au barolo que Claudio avait emporté pour leurs pratiques d'infidèles, il dévora une rangée de côtelettes caramélisées plus large qu'une flûte de Pan et la moitié d'une épaule. Repu, essoufflé par la guinche et le narghileh, il se cala un peu à l'écart, contre le tronc d'un caroubier centenaire.

La graisse des carcasses fondait sur la braise et ravivait le feu. Çhassignet eut le sentiment un peu sacrilège d'épier une cérémonie dionysiaque, de profaner le rite secret d'une religion antique où les corps étaient à l'honneur.

Les tambourins s'emballèrent sur des rythmes de plus en plus frénétiques accompagnant une polyphonie très particulière, qui n'avait rien de commun avec les musiques égyptiennes arabes. Contre les chœurs de basse qui psalmodiaient en continuo une phrase musicale, vinrent gicler des refrains aigus, un peu nasillards, imitant les voix des femmes. Peu à peu, les deux chœurs se mêlèrent en volubiles mélodies ponctuées de notes tenues, le tout s'enchaînant comme des guirlandes. Tout à coup le mode changea. Un garçon torse nu, de belle et souple cambrure, pénétra seul dans le cercle des chanteurs. Il chanta en solo une mélodie improvisée, avec des accents et des gestes burlesques destinés à un seul interlocuteur. Chassignet reconnut la curieuse coutume nubienne du chant facétieux improvisé, une bizarre pratique sociale de défoulement. Le chœur scande le nom du soliste de plus en plus fort, comme s'il voulait exciter pour un combat le garçon qui tournoie dans le cercle avec des gambades trides de jeune poulain, des contorsions débridées qu'il appuie de deux ou trois notes, une sorte d'*ostinato* incantatoire auquel le chœur donne la réponse. Lorsqu'il est parfaitement échauffé, le soliste s'adresse à un membre du groupe avec lequel il a un contentieux et, sous forme de litanie, il lui règle son compte publiquement. Après chaque invective le chœur scande son nom. Celui qui est visé se tait et accepte les doléances avec plus ou moins de calme. Le public prend toujours fait et cause pour le plaignant car la plupart du temps il s'agit de felouquiers qui, comme celui-ci, se plaignent des mauvais traitements et du maigre salaire octroyés par leurs employeurs. Jamais ces jeunes gens n'oseraient formuler leurs griefs en tête à tête.

Il arrivait que le divertissement finît mal, car l'accusé, s'il était adulte et dominateur, se mettait parfois en colère et essayait alors d'assommer le récitant. Dans ce cas, le public le retenait. Mais généralement la critique était acceptée avec humour et résignation. Parfois l'invectivé retournait la situation en reprenant la litanie aux dépens de l'accusateur. Cela pouvait durer des heures car les Nubiens raffolent de ce théâtre.

Cette nuit, Claudio fit les frais du spectacle. Un des garçons qui se pendait toujours à ses basques, un de ceux qu'il appelait ses petits chiens, le traîna amicalement devant le joyeux tribunal populaire. Ils improvisèrent une irrésistible parodie de scène de ménage.

D'une voix douloureuse d'épouse trahie, le jeune Khaled se lamenta :

— Je croyais avoir épousé un homme, mais tu n'es qu'un chien !

Le chœur appuya vigoureusement la litanie.

— Je t'ai donné ma jeunesse et mon âme et tu vas te vautrer avec des chiennes !

— Maudit soit le jour où mon père t'a accordé ma main !

— J'aurais mieux fait d'aimer un crocodile du fleuve !

160

— Que le Tout-Puissant ait pitié de toi, car tu n'es qu'un ivrogne !

— Tu as bu l'argent du ménage !

— Tu l'as dépensé avec les putains du Caire !

Il avait mis un voile sur sa tête et la plupart des choristes, simulant une clique de commères éplorées, s'étaient également enveloppés dans leurs écharpes.

Chassignet pleurait de rire. Les chants et les danses se poursuivirent ; un galopin mima un pauvre vagabond qui harcèle un policier, un autre fit la grenouille devant un buffle.

Quelqu'un déboula sans bruit derrière Chassignet et vint s'asseoir à son côté. C'était Zacharia, le chauffeur de taxi qui l'avait autrefois conduit à Meryem. Chassignet l'évitait depuis des années, le trouvant bavard, retors et intéressé. Le type posa avec insistance sa main sur la cuisse de Chassignet.

— Tu m'évites ? Est-ce parce que tu connais maintenant toutes les bonnes adresses et que tu n'as plus besoin de mes services ?

— Sans doute ! répliqua Chassignet en écartant la main indiscrète.

— Tu préfères sans doute la compagnie de ton nouveau chauffeur ?

— C'est cela !

— Fais gaffe, Jamouss, il pourrait t'arriver des ennuis ! Ton Abou Bakr porte malheur !

—- Fous-moi la paix et tire-toi !

La fête était finie pour Chassignet, ce serpent avait réussi à tuer son plaisir. Il rejoignit les autres, mais la turbulence et l'humeur blagueuse de tous ces drôles ne purent chasser le nuage orageux qui soudain avait troublé la fête. Sur le chemin du retour Claudio s'inquiéta de l'air maussade de son ami.

— Ça ne va pas ? Tu digères mal ?

Depuis le dîner avec le policier Chassignet s'était promis de ne mettre l'Italien dans aucune confidence.

— Je crois que j'ai abusé, une fois de plus ! Je suis claqué et j'ai la nausée. Il serait temps que je comprenne que les sauteries ne sont plus de mon âge. Je te verrai demain !

XIII

— Pour visiter la région des oasis du désert libyque il te faut une autorisation de la police du tourisme.

— Eh bien, voici une occasion de faire appel aux aimables propositions de ton cher Omar le grand caïd !

— Tu peux passer par l'agence de voyages, mais il t'en voudra sûrement d'avoir dédaigné ses services. Tu aurais tort de te passer de lui ! Il croira que tu l'évites. Je t'assure que c'est un type charmant. En t'adressant directement à lui, tu éviteras une longue attente, tu échapperas aux questionnaires ! Tout ira plus vite.

— Soit ! Peux-tu l'appeler pour moi et demander un rendez-vous ?

En fin d'après-midi Chassignet pénétra par l'arrière dans l'impressionnant immeuble de police. Abou Bakr l'accompagnait. Le flic avait précisé que sa présence ainsi que les papiers de la voiture étaient indispensables.

Dans le hall de béton sinistre, trois jeunes poulets en tenues de sport élimées les accueillirent sans amabilité.

— Où allez-vous ?

— Nous avons rendez-vous avec monsieur Abd el-Fatah.

— Attendez ici !

L'un des cognes leur désigna des chaises de métal recouvertes de plastique crevé d'où sortait une mousse jaune pisseux. Il décrocha le téléphone et murmura quelques phrases.

— Monsieur Chassignet, je vais vous conduire ! Toi, attends ici, intima-t-il sans aménité à Abou Bakr.

Deux argousins accompagnèrent le Français dans l'ascenseur. Chassignet, qui n'avait pourtant rien d'un poltron, ressentit un pincement au niveau du plexus.

« Combien de types sont montés ici avec un ticket d'aller simple ? se demanda-t-il, mal à l'aise dans ce décor obsidional. Ça pue l'interrogatoire musclé. » Sur le sol gris il chercha d'éventuelles marques sanglantes.

Au fond du couloir les deux sbires le guidèrent vers un vaste bureau feutré, moquetté et meublé de confortables fauteuils. Abd el-Fatah, qui conversait au téléphone, fit un grand sourire.

— Bienvenue, cher monsieur Chassignet !
Veuillez vous asseoir, je vous prie de m'excuser !

Derrière le policier, le président Moubarak souriait dans un cadre doré, entre une vue de La Mecque et une grande calligraphie coranique dorée sur fond bleu.

Le policier avait le goût des beaux accessoires. Deux stylos de luxe, des agendas revêtus de maroquin, un coupe-papier en argent étaient impeccablement alignés sur un bureau en bois de Macassar dont le dessin sobre rappelait la pureté des créations d'un Ruhlmann ou d'un autre décorateur des années 30. Un bouquet de roses et de jasmins, un téléviseur dernier cri, quelques tapis précieux créaient une atmosphère aimable et sereine qui contrastait singulièrement avec celle des antichambres que Chassignet venait de traverser.

— Vous souhaitez visiter les oasis, me dit notre ami Claudio ? Pas de problème ! Trois ou quatre jours suffiront. Je vais vous aider à choisir un itinéraire que je vous demanderai de respecter, pour votre sécurité et pour ma tranquillité. Je suis responsable de votre protection et je ne me pardonnerais pas si vous étiez victime d'un incident.

— Mais quels risques puis-je bien courir ?

— On ne sait jamais ! C'est une région peu visitée encore et les populations locales sont fort différentes de celles avec lesquelles vous frayez ici. Je ne vous laisserai pas passer par Assiout, vous prendrez une route à l'ouest d'Esna qui vous mènera directement à El-Kharga. De là vous pourrez pousser jusqu'à El-Dakhla et, si le cœur vous en dit, traverser le désert jusqu'à Farafra. Dès que vous arriverez dans une ville, soyez assez aimable de vous signaler à la police locale qui se mettra à votre disposition.

— Vous êtes trop aimable, mais j'ai l'impression que vous me préparez une sorte de voyage officiel. Ça ne me plaît guère, je préférerais me promener discrètement et flâner à ma guise.

— Ne craignez rien, nos hommes sont discrets ! Ce n'est pas une escorte que je vous fournis, mais des guides en civil, jeunes et sympathiques comme vous les aimez !

Un sous-verge râblé et croupé comme un bourreau d'un tableau de Caravage vint leur servir du thé. Chassignet avait déjà repéré ce gaillard au café sans se douter qu'il portait le label roussin.

Il arborait une gueule de voyou avec des cheveux de jais plantés drus, des yeux enfoncés dans les orbites et ombragés de longs cils, des ailes du nez très mobiles, un naseau qui trahissaient une sensualité exigeante. Chassignet l'observait en pensant que ce ragazzo eût enchanté Pasolini.

— Donnez-moi votre passeport, monsieur Chassignet.

Le policier demanda à son adjoint d'en faire une photocopie.

— À votre retour, monsieur Chassignet, faites-moi le plaisir de dîner un soir avec moi, vous m'expliquerez les raisons pour lesquelles vous séjournez si longuement à Assouan. Il n'y a rien de bien extraordinaire ici. En général, les Européens préfèrent Louqsor ou bien les plages de la mer Rouge !

— Allons, allons, Monsieur le policier ! Que puis-je vous apprendre que vous ne sachiez déjà ?

— Sans doute, sans doute, dit le colosse en souriant avec l'affabilité factice du potentat roublard qui sait endosser toutes sortes de costumes, y compris celui de l'homme du monde le plus accompli. Grâce à mes services je connais un peu le genre de vie que vous menez ici, mais il me serait agréable d'être informé par vous-même de vos goûts et de vos désirs. Je ne cherche qu'à vous être agréable ! Et je ne vous cache pas le plaisir que j'ai à connaître un Français cultivé qui apprécie mon pays au point d'en apprendre la langue. La plupart des touristes appartiennent à la classe moyenne, ils viennent en Égypte parce que les agences vendent le séjour à bon marché !

— Je ne suis pas un touriste !

— Je sais, cher Monsieur.

Le sous-argousin revint avec le passeport.

— Reconduis monsieur Chassignet et fais monter le chauffeur ! Je vous souhaite un agréable voyage, cher Monsieur ! Revenez me voir à votre retour.

Dans l'ascenseur, la gouape charnue dévisagea Chassignet avec le sourire narquois et effronté des putes confirmées. Ils ne se parlèrent pas.

— Monte, Abou Bakr, je t'attends ici, ou bien retrouve-moi au café !

— Je préfère que tu m'attendes ici, bien que l'ambiance manque de cordialité. J'espère revenir en un seul morceau.

Il y avait peu de danger que les sbires qui traînaient dans l'entrée comprennent un mot de français. L'un d'eux proposa une cigarette à Chassignet.

— Je ne fume que le narghileh !

— Bravo, tu es un vrai Égyptien, déclara la jeune brute.

Pour avoir la paix, Chassignet s'empara d'un journal local qui traînait dans le hall. Les drôles qui s'étaient permis quelques plaisanteries douteuses sur les étrangers fermèrent leur clapet quand ils virent que ce touriste-là lisait l'arabe. Chassignet leur lança d'un air amusé :

— Je suis plus égyptien que vous ne le croyez ! Contentez-vous de parler de football !

Abou Bakr revint, l'air sombre.

Dans la voiture il fit part à son compagnon d'une réflexion extrêmement déplaisante que le flic lui avait assenée en le congédiant :

« Je ne suis pas sûr de bien faire en te laissant promener ce touriste. Il me semble que ta spécialité c'est de porter poisse aux visiteurs français ! »

Chassignet se garda bien de signaler au garçon que cette vipère de Zacharia lui avait fait une remarque de ce style la veille.

Ils prirent la direction d'El-Esba, le village d'Abou Bakr, situé à une dizaine de kilomètres de la ville, à droite de la route qui mène vers l'ancien barrage. De nombreuses constructions nouvelles, d'importants chantiers envahissaient maintenant ce secteur que Chassignet avait connu vierge : une cathédrale copte en voie d'achèvement, un nouveau musée nubien, des immeubles résidentiels.

Ils dépassèrent le grand cimetière où Chassignet avait déjà accompagné plusieurs vieux amis et quittèrent la route juste après la minuscule mosquée bordée de tamaris.

L'entrée de la maison familiale donnait sur une petite place ombragée par un ficus géant.

De grandes jattes de terre qui conservent même en été une eau très fraîche étaient accrochées autour du tronc de l'arbre.

Un couloir recouvert de tapis desservait une dizaine de pièces peintes à la chaux et décorées de badigeons bleus, ocres et rouges réalisés au pochoir.

Abou Bakr conduisit son ami vers une vaste cour intérieure blanche et nette, percée de portes à l'orientale ouvrant sur la cuisine, les chambres d'été et les appartements des femmes. Chassignet s'allongea sur une des banquettes sculptées couvertes de tapis et de coussins. Abou Bakr le quitta pour changer de vêtements. Un adolescent surgit d'une porte et s'approcha de Chassignet en boitant. Il portait le grand narghileh et souhaita la bienvenue en arabe :

— La paix sur toi ! Bienvenue dans notre maison ! Je suis le frère d'Abou Bakr, mais je ne parle pas français.

— Sur toi aussi la paix ! Merci de ton accueil ! Tu as un problème à ta jambe ?

Le garçon avait été mal soigné après une chute dans un chantier où il travaillait comme apprenti maçon.

— Voici notre jeune sœur !

Une fillette d'une quinzaine d'années vint saluer le Français. Elle portait un plateau avec des verres et une cruche de karkadé froid. Chassignet fut troublé en découvrant combien elle ressemblait à Abou Bakr. Les mêmes yeux en amande remontant vers les tempes, la bouche d'un dessin exquis. Elle s'accroupit pour poser le plateau avec la grâce d'une petite princesse échappée d'une miniature persane.

Chassignet ne put s'empêcher de déclamer quelques strophes d'un *Ghâzel* du divin poète Hāfiz :

> *Sans l'amour aux joues de tulipe,*
> *qui connaîtra ma pelouse et saura s'enivrer*
> *de ses parfums et de l'air suave qui les dénoue,*

> *Lèvres de sucre sans baisers, beauté de la rose,*
> *ce ne sont rien que des mots...*
> *Des portraits entrevus le jour,*
> *ou des amours vécues en rêve, un seul est parfait,*
> *le modèle assis, vivant, à tes genoux...*

— Ce n'est pas de l'arabe, dit Abou Bakr.

— Non, c'est un poème persan.

— Tu parles persan ?

— Pas vraiment ! En France je me suis lié avec une jeune Iranienne mariée à l'un de mes chers amis, un érudit auquel on doit une traduction de Saadi, de *La Conférence des oiseaux* de Farid Uddin Attar et du *Livre du Chams-od-din Tabrizi* de Mowlânâ. Elle m'a enseigné quelques rudiments de persan, juste de quoi réciter un ou deux poèmes.

— Tu es attiré par l'Orient comme moi par

la France. Nous nous sommes créé tous deux une patrie adoptive dont les parents sont des poètes.

— Tu n'as jamais rêvé de quitter la Nubie ? De vivre quelque temps en France ?

— Non, jamais. Je suis un enfant de ce désert et je serais très malheureux si je ne trouvais plus de sable devant ma porte. Tu as sans doute remarqué que je ne suis pas même à l'aise sur les rues goudronnées d'Assouan. Est-ce que tu voudrais te fixer définitivement en Égypte ?

— Non, je ne pourrais pas ! J'ai besoin de mes grasses prairies et des sombres forêts du Morvan. J'aime la variation des saisons, le vent d'automne dans les cheminées, les labours dormant sous les gelées d'hiver, les fougères qui se déroulent au printemps, les pluies parfumées après l'orage.

Avant le dîner Abou Bakr entraîna Chassignet dans sa chambre, une vaste pièce dont la fenêtre donnait sur la côte est de l'île Sehel. C'était une chambre d'étudiant, encombrée de livres français : une cinquantaine de volumes de la Pléiade, la collection des poètes d'aujourd'hui chez Seghers, des anthologies, des manuels scolaires. Sur une petite table de bois peint, une photographie montrait Abou Bakr et Denis Versenna devant un curieux paysage de ville fantôme.

— C'est le site funéraire de Bagaouat près de Kharga. Je t'y conduirai.

Les enregistrements de Versenna complétaient une collection de disques dont la qualité impressionna Chassignet.

— J'ai rarement vu un ensemble aussi bien composé.

— C'est un choix de Denis. Viens maintenant, le repas est servi.

Retournant dans la cour, Chassignet s'arrêta devant une série brune d'empreintes de mains suivies de dates. Abou Bakr posa la sienne sur la plus récente.

— C'est la main de Denis.

Devant cette trace physique témoignant du passage du pianiste, Chassignet ne put réprimer ses larmes. Abou Bakr posa sa main sur son épaule.

— Viens, mon frère nous attend.

Ils dînèrent dans la cour sur un grand tapis nubien.

— Ma mère t'a préparé des pigeons farcis.

Le repas fut gai, car le jeune frère débordait d'une joie de vivre très communicative. Il dérida Chassignet avec l'éternelle plaisanterie sur les vertus des pigeons. La petite sœur faisait le service : des plats de *foul médammès,* fèves sèches bouillies servies chaudes avec de l'huile et du citron, du *coussa,* courgettes farcies au mouton, des coupes de *téhina,* crème de sésame parfumée, des poissons frits, des gâteaux aux amandes trempés de sirop appelés *ataïef.*

— Je voudrais remercier ta mère.

Abou Bakr guida son ami vers la cuisine. La maîtresse de maison accueillit le Français avec des bénédictions. Elle était petite et fragile, comme usée par les soucis et les lourdes besognes de toute une vie. Elle était sans doute moins âgée que ne pouvaient le laisser croire les rides de son beau visage.

— Mère, voici mon ami Claude.

La petite silhouette drapée du *milâyah* comme toutes les femmes des villages du désert se redressa. Elle prit la main de Chassignet dans les siennes et la porta sur son cœur.

— Merci, merci pour tout ce que vous faites pour mon fils. Que Dieu vous bénisse et vous garde !

— Ne me remerciez pas ! C'est à moi de remercier Abou Bakr. Votre fils est un homme remarquable, cultivé et extrêmement bien élevé. Je lui dois mon plus beau séjour à Assouan. Merci pour votre repas délicieux.

— Revenez nous voir, *Inch'a Allah !*

— J'aime ta famille, déclara Chassignet à son ami sur le chemin du retour, elle est tout à fait comme je l'espérais. Mais tu ne ressembles pas à ta mère.

— Non, ma sœur et moi tenons de notre père, un homme grand et typé. Sa famille était d'origine bédouine, de la région du Sinaï. Je te montrerai son portrait.

Avant de se coucher, Chassignet s'accorda une escale au bar de l'hôtel. Le barman, un Arabe du Delta qui ne s'encombrait guère de dogme coranique et ne songeait qu'à lever les jolies touristes, fut ravi de vider avec lui quelques godets de vodka légèrement colorée de jus d'orange.

XIV

La ville dormait encore lorsqu'ils prirent la route du nord. Une interminable procession de charrettes tirées par des ânes trottinait vers Assouan. Les paysans apportaient en ville la ration quotidienne de luzerne pour le régiment de chevaux des calèches à touristes, rendant périlleuse la circulation jusqu'à Kom-Ombo. Aucune lumière ne les signalait aux camions qui roulaient dans le même sens. Les Égyptiens ne respectent aucun code de la route et foncent comme s'ils voulaient gagner un rallye. Une autre manifestation jobarde de prétendue virilité, sans doute.

Il faisait jour quand ils traversèrent le pont à Esna. Sur le quai, les braves moutons touristiques dormaient encore dans les navires de croisière, ignorant sans doute que leur sommeil de Panurge était ici sous la protection du grand bélier Khnoum dont le temple érigé par les rois de la XVIIIe dynastie exhibe encore ses vingt-quatre colonnes soutenant un plafond orné de vautours aux ailes déployées.

— Est-ce que tu veux saluer ton ami Claudio et prendre un petit déjeuner à bord ?

— Non merci, je n'y tiens pas et toi non plus sans doute.

Après deux heures de route à travers des paysages sans intérêt ils arrivèrent à El-Kharga, capitale de l'oasis du même nom qui s'étend entre vingt et cinquante kilomètres de large sur une longueur de deux cents kilomètres.

Au poste de police à l'entrée de la ville ils furent accueillis par un officier en tenue avec des démonstrations exagérées.

— *Ahlan oua Sahlan !* Vous êtes le Français ? Je suis au courant ! Quel est votre programme ?

Sans laisser à Chassignet le temps de répondre, il lui certifia qu'il avait tout prévu :

— Je vais vous conduire moi-même à l'hôtel, vous pourrez y déjeuner. Ensuite un guide vous fera visiter notre musée et les curiosités des environs.

Quand Abou Bakr lui tendit ses papiers, il s'exclama :

— Mais je te connais, toi ! Tu es déjà venu ici !

Un jeune militaire monta à l'arrière de leur voiture sans lâcher son arme. L'officier grimpa dans une Jeep avec deux autres militaires.

— Je vous précède.

— Eh bien, le caïd d'Assouan m'avait assuré

que nos anges gardiens seraient discrets. Ça commence bien ! Tu as eu la même escorte lorsque tu es venu avec Denis ?

— Non ! Rien de tout cela. Mais tu es sous la protection du grand chef, ne l'oublie pas. Il a dû laisser des consignes détaillées, qu'ils se chargent ici d'exécuter avec un zèle exagéré. Ils n'ont strictement rien à faire. Les touristes ne viennent presque jamais dans cette zone oubliée.

Ils empruntèrent de larges artères désertes bordées d'horribles poteaux d'éclairage en métal. C'était une ville nouvelle, inachevée, une aire de constructions bon marché en béton.

— C'est ça l'oasis ?

Chassignet se souvint des palmeraies de Tunisie, des frais ruisseaux courant parmi les roses et le jasmin. Rien à voir avec cette garnison sinistre. L'hôtel qui portait aussi le nom de Kharga était un grand machin en béton rectangulaire, donnant sur un dépotoir où végétaient quelques arbustes à moitié desséchés.

Des tables et chaises en plastique jaune aux dossiers sales et fendus laissaient présager le décor intérieur. Chassignet ne fut pas étonné. Les chambres étaient ignobles, avec un carrelage de ciment moucheté, des lits de fer, des lampes murales sans abat-jour, de grandes baies vitrées sales s'ouvrant sur un ex-jardin-terrasse transformé en cimetière de voitures. Le coin-douche était nauséabond.

Le flic les attendait à la réception.

— N'y a-t-il pas d'autre hôtel ici ? Il est hors de question que nous passions la nuit dans cette porcherie modèle.

— Allons, cher Monsieur ! Allez déjeuner, puis nous vous montrerons les beautés de la région. Je sais que cet hôtel n'est pas un palace, mais pour l'instant, c'est le seul que nous puissions vous offrir.

Le déjeuner fut infect et ridicule, mais servi par un garçon en cravate.

— C'est le même régime qu'à l'hôtel d'Abou Simbel. Mais le Ramsès est un palais des Mille et Une Nuits comparé à cette caserne désaffectée.

Toute la garde les accompagna au musée, augmentée d'un guide professionnel sympathique qui parlait un excellent anglais et connaissait son affaire. Le Al-Wadi Al-Gadid Museum est une impressionnante bâtisse neuve de style arabe qui sur deux étages abrite de remarquables collections d'antiquités égyptiennes et chrétiennes. Le guide expliqua à Chassignet que pour l'instant El-Kharga n'attirait pas les touristes mais que la région deviendrait florissante après l'achèvement des grands travaux de la nouvelle vallée. En quittant le musée, Chassignet signifia à l'officier qu'il ne voulait pas continuer ses promenades encadré par des militaires en tenue.

— Monsieur Abd el-Fatah ne vous a certainement pas demandé de m'escorter comme un ministre en déplacement.

— Mais je pensais bien faire. Je voulais vous offrir la meilleure protection.

— Je ne risque rien. Débarrassez-moi de vos gardes ou je quitte la ville dès ce soir !

L'homme fit venir un gaillard vêtu d'une galabiyah, avec sur la tête une écharpe à carreaux noirs.

— Soit, Monsieur, je vous enlève mes adjoints mais je vous confie à Hassan, c'est un de mes meilleurs lieutenants et, comme vous voyez, il est en civil.

Hassan, par chance, ne comprenait aucune langue étrangère. Chassignet se calma les nerfs en vociférant une kyrielle de sarcasmes en patois morvandiau.

Les uniformes, les armes et le détestable repas l'avaient mis de très mauvaise humeur.

Abou Bakr le taquina en faisant appel à son sens de l'humour. Excédé par la résistance rageuse du Français il lui lâcha :

— Chassignet tu te comportes comme un enfant gâté. Un vieil enfant gâté. Tu es pire que tous ces touristes que tu méprises. Et tu réussis à gâcher notre voyage parce que tu n'as pas eu ton pigeon quotidien.

Avec une amicale pression sur la nuque Chassignet acquiesça :

— Tu as raison. Je te demande pardon.

Son exaspération se mua en mélancolie et le plus beau site de l'oasis, la nécropole de Bagaouat, ne put le tirer du profond cafard qui le rongea tout l'après-midi. Ce site unique au monde date du Ve siècle chrétien après que Nestorius, l'évêque schismatique de Constantinople, fut exilé ici par le patriarche d'Alexandrie. Les Nestoriens érigèrent sur cette colline cent vingt chapelles funéraires sans rapport aucun avec le lustre des mastabas et des sarcophages polychromes du panthéon égyptien. Par leur dépouillement elles annoncent étrangement « les cités des morts » du monde musulman.

— C'est ici que tu t'es fait photographier avec Denis ?

— Oui, tu as reconnu ce décor de ville fantôme ?

Dans la cité funèbre Chassignet pensa aux grandes danses macabres qu'il avait étudiées pendant plusieurs années, ces rondes de squelettes entraînant dans une gigue irrépressible les papes et les rois, les princes et les voleurs, les bourgeois et les soldats, les paysans et les poètes.

Et Versenna ? Vers quel destin l'a mené son ultime voyage en Égypte ? Vers quel rivage ? Vers quelle impasse ? Quel bas-fond ?

Chassignet se souvint alors que macabre était un mot arabe, venu du syrien *maqabrey* qui signifie fossoyeur, ellipse du *marqadtâ ed maqabrey*, danse des fossoyeurs, une danse introduite en France par les Syriens chrétiens à l'époque franque.

Ils visitèrent encore le temple d'Hibis, au bord d'une palmeraie. Érigé par Darius Ier et dédié à Amon, c'est le seul temple d'Égypte construit par un roi perse.

— Je ne veux pas dîner à l'hôtel ! Tâche de savoir par le guide s'il existe un endroit plus chaleureux dans la vieille ville. On essaiera de semer notre ange gardien à turban.

Rendus à l'hôtel, Chassignet congédia le guide et le policier en leur disant qu'il était fatigué et qu'il ne sortirait plus. Mais à la réception on les informa que le chef de la police locale les convoquait au bureau central à 7 heures.

Quand ils redescendirent le flic en galabiyah était toujours assis dans le hall. Il les accompagna jusqu'à l'hôtel de police.

— Qu'est-ce qu'il nous veut, le chef ?

— Je ne sais pas. Je pense qu'il désire vous saluer.

Ils furent accueillis par un jeune type sympathique : petite moustache, costume bien coupé, mains soignées. Il leur offrit le thé dans son bureau. L'exacte réplique du caïd d'Assouan, mais moins madré. Il s'exprimait avec simplicité sans les salamalecs obséquieux de l'autre. Un garçon franc, naturel et de bonne compagnie.

— Est-ce que vous êtes de Kharga ?

— Non, je viens du Caire et ne vis ici que quatre jours par semaine. Ma femme reste au Caire.

— Heureuse femme ! Cette ville est sinistre, ne trouvez-vous pas ? Si vous deviez vivre ici à plein temps, je suis sûr que vous finiriez par vous tirer une balle dans la tête.

Le policier rit de bon cœur, mais déclina l'offre que lui fit Chassignet de dîner avec eux. Un travail urgent ! Il leur souhaita un bon séjour et leur jura de les débarrasser de l'escorte policière.

— Pourquoi vouliez-vous me voir au juste ?

— Pour rien de spécial. Le plaisir de vous connaître. On ne croise pas tous les jours des Français égarés à El-Kharga.

Quand ils regagnèrent la voiture, le gardien avait disparu.

— Je crois que nous sommes enfin libres.

Ils parcoururent les grandes avenues désertes de la cité sous la lumière blafarde des réverbères prétentieux. Même les chiens avaient fui cette zone inhospitalière. Abou Bakr mena Chassignet dans la vieille ville où grouillait toute la population. Dans les rues transformées en souk, ils dénichèrent un restaurant. Le dîner fut encore plus infect que le déjeuner : un vieux ragoût de mouton gras, où baignaient des pommes de terre farineuses trop cuites.

Ayant regagné sa chambre Chassignet se précipita vers son sac pour en extraire une des deux bouteilles de scotch qu'il avait achetées à Orly. Il était à peine couché qu'on frappa à sa porte. Est-ce que la police locale lui dépêchait une ultime forme de protection ? Un veilleur de nuit ? Un gardien des songes ?

— *Ayoua ! Taffaddal*[1] !

C'était Abou Bakr, avec ses affaires de toilette sous le bras.

— Claude, je ne vais pas te laisser seul, tu as l'air perturbé et passablement énervé. Je vais dormir dans ta chambre. Il y a deux lits.

Chassignet qui s'apprêtait à rejoindre Morphée après un détour chez l'ami Dionysos fut troublé, mais enchanté par la proposition de son compagnon.

1. Oui ! Entrez !

La solitude, ce soir, lui pesait comme une petite pierre tombale. Son âge aussi lui semblait lourd. Il rêvait de son grand lit, du bouledogue venant caler sa bonne grosse tête contre son épaule et des bons petits plats de Mimi Laroque.

« Qu'est-ce que je fous ici, abandonné comme une charogne dans une benne à ordures ? » se demanda-t-il.

Quand Abou Bakr revint de la salle de bains, il s'avança nu, sans manières, avec la simplicité et la pureté d'âme des enfants de la nature qui peuplaient les rivages supérieurs du Nil il y a des siècles.

Devant la beauté de ce corps irréprochable, alliant force, souplesse et suavité, Chassignet se rappela les propos d'un sculpteur florentin de la Renaissance qui, parlant d'une statue, avait affirmé que l'œil ne suffisait pas pour en saisir la perfection et qu'il fallait suppléer à la vue par le toucher. Sans une seconde d'hésitation, Chassignet se redressa légèrement et souleva doucement le côté droit de son drap.

En silence, le plus naturellement du monde, Abou Bakr se glissa près de lui, tel un frangin, tel un amant.

XV

Ils quittèrent l'hôtel à l'aube, sans un mot
sur la nuit étrange qu'ils venaient de vivre. Une
heure plus tard ils atteignirent El-Dakhla, loca-
lité nettement plus hospitalière que Kharga,
pourvue d'un petit hôtel accueillant, tenu par
une famille qui les reçut à bras ouverts. L'après-
midi ils flânèrent dans la « perle de l'oasis »,
l'antique village d'El-Kasr, dominé par un curieux
minaret hérissé de rondins. Dans les ruelles souvent couvertes de cette cité presque fantôme
mais cependant entretenue avec ferveur, Chassignet se crut transporté aux premiers temps de
la civilisation islamique. Dans la palmeraie des
enfants leur offrirent des dattes sucrées, les
meilleures d'Égypte. Dans ces lieux régnaient
une paix champêtre, une douceur pastorale d'un
autre âge, celle des églogues, des idylles et des
chants bibliques qui contrastaient singulièrement avec la grisaille poussiéreuse du béton de
Kharga.

— Pas l'ombre d'un policier ici, s'étonna Chassignet, on nous fiche enfin la paix.

— J'allais le dire, mais je me demande si ce relâchement est rassurant ou inquiétant. Toute cette escorte hier et aujourd'hui pas même le plus petit des anges gardiens ?

— Le charmant inspecteur d'hier soir a dû donner des consignes pour qu'on nous oublie un peu. Il semblait moins paranoïaque qu'Abd el-Fatah.

— Et plus sympathique. Il m'a invité avec toi dans son bureau. À Assouan on m'aurait prié d'attendre dans la cour pendant que vous buviez le thé.

En fin d'après-midi ils gagnèrent les dunes, un site magique et imposant à quelques lieues de la cité.

Abou Bakr retira ses sandales pour grimper sur les flancs mouvants. Arrivé au sommet de la dune, il poussa un cri strident et modulé, une sorte de trille guerrier, s'élança dans le vide et dévala la pente comme un enfant sur un toboggan. Il atterrit sur les fesses aux pieds de Chassignet avec un rire éclatant. S'en retournant vers la ville ils traversèrent une zone de champs cultivés. Des paysans et des jeunes villageois se lavaient dans d'étroites fosses rondes où jaillissaient des sources d'eau chaude, au beau milieu des plantations.

— Il me vient une idée, annonça Abou Bakr. Je vais te conduire dans un endroit curieux. Une surprise ! Prenons la voiture.

Ils s'éloignèrent de la cité jusqu'à une proche périphérie maigrement boisée. Abou Bakr lui désigna une propriété entourée de murs.

— C'est ici. J'espère que c'est encore ouvert.

— Où sommes-nous ? On dirait un camp ou un club sportif.

— C'est un centre thermal peu fréquenté, presque abandonné. Allons nous baigner !

Le portail était clos et personne ne se manifesta quand Abou Bakr cogna contre le battant métallique. Avec l'agilité et la souplesse d'un félin il escalada le mur d'enceinte et tendit la main à Chassignet qui s'y agrippa pour de vaines tentatives.

— Faire le mur n'est plus de mon âge. Je manque d'entraînement et de souffle. À raison d'une moyenne de deux par jour, j'ai dû fumer en trente ans près de 20 000 cigares de 20 centimètres, soit 4 kilomètres.

— Et moi je sais que ces cigares coûtent entre dix et quinze dollars la pièce, ce qui représente plus de deux cent mille dollars partis en fumée. Honte sur toi, affreux capitaliste !

Chassignet ne sut que répondre après ce lamentable bilan. Il gara la voiture contre le mur et rejoignit son complice en escaladant le capot et le toit.

Au milieu d'une vaste cour pavée de méchantes dalles de béton stagnait un bassin rempli d'un liquide de la plus belle nuance purin, qui rappelait plus la station d'épuration que les thermes d'une radieuse Arcadie. Quelques palmiers malingres agonisaient dans les rares espaces de terre aménagés dans le ciment.

— Qu'est-ce que cette horreur ? Tu ne vas pas tremper dans cette infection ?

— Ô pardon, maître. *Effendi* sans doute préfère la belle piscine bleue du *Foundouk*[1] Cataract ?

— Pas du tout ! Je ne me baigne jamais dans les eaux stagnantes, et surtout pas dans les piscines publiques. Mariner dans du jus de touriste, flirter avec l'herpès, merci.

— L'herpès oui, mais l'herpès de Praxitèle. Tu n'es qu'un snob.

— Très drôle, Abou Bakr ! Mais je te préfère quand tu t'en tiens à Baudelaire, Apollinaire et Rimbaud. Le calembouriste est un des pires et des plus ennuyeux bouffons des salons et des dîners petits-bourgeois. Ça ne convient pas vraiment à ton type de beauté.

1. Hôtel.

— Leçon reçue, monsieur *Mouellim*, jamais stupide écolier nubien recommencer calembour. *Bismi Illahi r-rachmâni r-rachim*[1].

Abou Bakr avait proféré cette formule en caricaturant l'accent arabe, avec le même talent que les nouveaux drôles éclos dans les banlieues, quand ils « font l'arabe » devant les caméras. Chassignet éclata de rire et serra la nuque du garçon.

— Tu es un compagnon de voyage très attachant, Abou Bakr. J'ai souvent séjourné en Égypte et je regrette de ne pas t'avoir rencontré plus tôt.

— Tu n'avais pas besoin de moi, tu avais largement de quoi t'occuper avec tes mauvaises fréquentations.

— Leçon reçue, *Mouellim*, je promets de ne plus recommencer, à condition que tu ne m'obliges pas à tremper dans cette horreur.

Abou Bakr fit voler sa galabiyah et son large pantalon de fellah en coton blanc et plongea tête première dans le bassin.

— Viens, je ne connais rien de plus agréable. Ce n'est pas de l'eau stagnante. Ce bassin est alimenté du fond par une source d'eau ferrugineuse. L'oxyde de fer donne cette couleur à l'eau. C'est très tonique, tu verras.

Ils barbotèrent joyeusement jusqu'à la dispa-

1. Au nom de Dieu clément et miséricordieux !

rition du soleil derrière les dunes. La lumière rouge du couchant teintait l'eau brune de reflets fauves. Les cheveux et le buste ruisselants du Nubien scintillaient de mille braises comme une idole d'ébène et d'or venue d'un Panthéon magique et tabou.

Une enfilade de cabines peintes en ocre jaune et rouge clôturait le site. Chassignet se dirigea vers les constructions.

— Je vais me rincer à l'eau claire si je trouve une douche et m'allonger cinq minutes dans une de ces cabines. Ce bain m'a creusé et quand j'ai faim la tête me tourne.

— Je te rejoins dans un moment. Je vais chercher de l'eau minérale dans la voiture.

Chassignet était à peine allongé dans une cabine qu'il ferma les yeux et succomba au sommeil. Mais déjà Abou Bakr revenait vers lui.

— Tu as l'eau ?

Une silhouette fine et nerveuse bondit vers lui et quand Chassignet vit briller la lame, il comprit trop tard que ce n'était pas Abou Bakr. Un bras vigoureux tentait de le clouer sur la couchette. Le visage de l'agresseur était masqué par un foulard. Surgirent alors d'anciennes et pénibles images, des fantômes vieux de trente ans, le dernier regard d'un camarade éventré.

— Saloperie de salopard ! hurla Chassignet

191

qui se rétablit d'un furieux sursaut du bassin ponctué d'un énergique coup des deux pieds dans le vide.

Décontenancé, l'homme balança son bras armé. Chassignet esquiva le coup destiné à ses tripes en se précipitant sur le surineur tête baissée, mais une douleur fulgurante lui traversa l'avant-bras. L'individu se dressa pour porter un second coup, mais son élan fut brisé net. Il poussa un hurlement de rage, se retourna vers le chambranle en aboyant : « Fils de chien, puisses-tu crever dans les ordures ! » Chassignet aperçut alors un poignard à manche ciselé planté bien droit dans l'omoplate du tueur. Dans l'encadrement se dressait Abou Bakr, immobile, imperturbable.

Il s'adressa au type d'une voix douce et détachée :

— Pourquoi es-tu venu ici ? Si tu ne réponds pas immédiatement je te tranche proprement la gorge. Mais d'abord, rends-moi mon couteau.

Ce disant il s'empara de l'arme fichée dans le gras de l'épaule, arracha le foulard qui masquait le visage du buteur et lui colla la lame contre la gorge.

— Je devrais te saigner comme un porc, mais je pense à la douleur de ta mère, au cas où tu en aurais une. Quel âge as-tu ? Dix-huit, vingt ans ?

— Laisse-le partir, Abou Bakr !

— Pas avant de savoir qui il est, ni pourquoi il nous a suivis.

— Abou Bakr, c'est un ordre ! Qu'il file immédiatement. *Imchi, imchi, ya charmouta*[1] !

Le sicaire ne se fit point prier. Il se précipita en boitant vers une haie qui clôturait l'arrière de la station.

— C'est donc par là qu'il est venu, dit Abou Bakr. Il a dû nous surveiller depuis un bon moment et profiter de l'instant où tu étais seul. Mais qu'est-ce qu'il espérait trouver sur toi pour courir un tel risque ?

— Abou Bakr, partons ! Je suis blessé au bras, je crois que je saigne beaucoup.

Le Nubien arracha une manche de sa galabiyah pour panser et garrotter la plaie.

— Rentrons à l'hôtel. Je vais te soigner. Tu ne peux pas escalader le mur, il faut que je casse la serrure.

Il faisait nuit noire quand ils quittèrent les lieux.

— Sois discret, Abou Bakr ! Je ne veux pas que tu parles de cette agression. Les gens de l'hôtel appelleraient la police ce qui nous amènerait d'autres désagréments, des interrogatoires sans fin.

---

1. Va-t'en, va-t'en, saloperie !

— Mais ce type a voulu te tuer. Je suis persuadé qu'il ne s'agissait pas d'un banal voleur.

— Nous en reparlerons.

Abou Bakr fut un infirmier efficace. Grâce à la trousse médicale du petit Bruant que Chassignet avait eu la précaution de fourrer dans son sac, ils n'eurent à demander ni désinfectant ni pansement. La plaie était assez profonde, mais bénigne.

Chassignet insista pour sortir. Il ne voulait pas dîner à l'hôtel.

— J'ai besoin d'air frais. Est-ce que tu connais un restaurant avec un jardin ?

— Je trouve que c'est imprudent de vouloir sortir cette nuit. Tu es blessé mais pas mort. Ne prends pas cette agression avec tant de désinvolture. Comme je te l'ai dit en voiture, ce type n'était certainement pas un simple voleur. Je ne te cache pas que je suis inquiet. Hier tout un dispositif de protection policier, aujourd'hui pas le moindre flic, mais un tueur.

— Ne crains rien. Il ne nous arrivera rien dans la ville. Ce type était seul, sans complices, sinon ils seraient venus à plusieurs pour te neutraliser aussi. Et pour ce soir il a son compte. Il doit être plus mal en point que moi. D'ailleurs avec toi je ne crains rien. Je vais être forcé d'augmenter ton salaire puisque de simple chauffeur te voilà passé au grade de garde du corps. Ton habileté à lancer le couteau m'a impressionné et — je dois l'avouer — quelque peu surpris. C'est plutôt rare de découvrir ce talent-là chez un amateur de poèmes et de sonates.

— Tous les hommes du désert sont des porteurs de rêves et de poignards. Tu ignorais cela ? Je croyais qu'après les guerres de décolonisation les Européens savaient que les Arabes, Bédouins, Mauresques, Sarrasins, Barbaresques et autres fellagha étaient tous des égorgeurs. Que veux-tu, c'est dans nos gènes. Je ne fais pas exception.

— Abou Bakr nous allons changer de conversation, s'il te plaît.

À la terrasse aménagée sur le toit d'un café populaire on leur servit des brochettes, des salades et des gâteaux aux amandes.

C'était une nuit de pleine lune, douce et parfumée.

Une brise délicate ondoyait la palmeraie et les dunes dessinaient un horizon blanc et froid comme un paysage extraterrestre. L'appel du muezzin vint couvrir les bourdonnements de la cité qui s'agitait encore à leurs pieds, ainsi que le gargouillement des narghilehs et le crépitement de dés des consommateurs qui fumaient en jouant au jacquet sur la terrasse.

— Dis-moi, Abou Bakr, où en sommes-nous ? J'ignore si l'attentat qui me visait a quelque chose à voir avec Versenna. Je viens en Égypte depuis près de dix ans et n'ai jamais été agressé. J'ai l'impression que nous sommes dans une impasse. Au sujet de Denis, n'y a-t-il rien que tu aurais omis de me dire ?

— Rien qui pourrait nous aider. Tu te doutes bien que je ne me serais jamais permis d'espionner Denis. Il était si différent à son retour. Entre nous s'était dressé comme un mur de silence et de secret, que je me suis bien gardé d'escalader. Je n'osais même plus l'interroger. Denis menait, c'est certain, une double vie et il ne m'a jamais fait de confidences sur la face cachée, dangereuse qui sans doute lui fut fatale. Je suis persuadé qu'il allait à la mort. L'épisode avec la carcasse et le vautour, sa main dans le sang de l'agneau, ses fugues, cette nuit où il revint blessé à l'hôtel...

— Oui, il y a dans tout cela une complaisance pour le morbide un peu mélodramatique. Une névrose sans doute. Les artistes sont enfants de Saturne.

— Saturne ? Qu'est-ce que Saturne vient faire ici ?

— C'est une explication mythologique déjà ancienne de la création artistique. Selon une vieille tradition, les hommes d'action, en particulier les artisans, se trouvaient sous la protection du dieu Mercure, un gaillard sémillant, fringant, plein d'allégresse. Saturne en revanche était le dieu noir des êtres mélancoliques, des sombres philosophes, des méditatifs, de ceux qui broient du noir et se complaisent dans la solitude, la planète des créateurs tourmentés, des génies broyés par la folie. Cette approche horoscopique de la question artistique remonte à la Renaissance.

— Je vois. Écoute maintenant, Claude ! Et jure-moi sur ce que tu as de plus sacré de ne rien faire après ce que je vais te dire. J'ai toujours pensé que Versenna avait disparu volontairement, qu'il s'était suicidé d'une certaine façon, mais pas seul. Depuis le début j'ai essayé d'élucider le mystère de ce drame. Avant de te connaître j'étais sur une piste sérieuse. Je m'étais promis de ne rien te dire avant d'avoir éclairci l'affaire. Tu ne dois intervenir en aucun cas ! Je pense qu'après ce qui s'est passé à la piscine tu es conscient du danger. Tu es fortement sur- veillé par la police d'Assouan. Moi aussi, sans doute, mais je suis prudent. J'ai un ami nubien qui m'aide dans mes recherches et que per- sonne ne peut soupçonner. Promets de ne rien faire, de ne plus éveiller l'attention et de conti- nuer une vie normale, au café, avec tes amis et Claudio.

— Et Meryem ?

— Oublie Meryem ! Elle est la maîtresse

d'Abd el-Fatah. S'il l'a menacée, c'est sans doute qu'il ne veut plus partager. Les Égyptiens sont des tigres dès qu'il s'agit de femmes.

— Mais il est marié. Meryem n'est qu'une putain.

— Ça ne change rien : les mères, les sœurs, les épouses et les putains, c'est du pareil au même. Le mâle indigène est d'une jalousie féroce, incontrôlable. De plus, je pense qu'Abd el-Fatah sait parfaitement ce qu'il est advenu de Denis.

— Tu le crois concerné par sa disparition ?

— Je n'en sais rien encore. Blocage total de l'enquête. Pour quelles raisons ? Des ordres supérieurs ? Défense économique de la manne touristique ? Affaire personnelle ? Il a éconduit les enquêteurs français aussi bien que la sœur de Denis.

— La sœur de Denis ? J'ignorais qu'il avait une sœur. Pourquoi ne m'en as-tu pas parlé ? Tu la connais ?

— Oui ! Elle est venue à Assouan. Elle est restée quelques jours à l'hôtel où la réception lui a parlé de moi. C'est normal puisque j'étais son guide. Je ne lui ai rien caché de mes relations avec son frère, ni les bons moments, ni ceux plus sombres de son second séjour. Elle m'a remercié avec une grande gentillesse et m'a même embrassé en partant. J'ai eu la bizarre impression que je ne lui apprenais rien. Elle aussi semblait penser que son frère était mort. Elle a d'ailleurs emporté toutes ses affaires.

— Mais bon sang, pourquoi avoir attendu si longtemps pour me révéler tout cela ?

— Pour te protéger, Claude. C'est une sale affaire, une affaire scabreuse, macabre. Je pense sérieusement que tu risques ta vie si tu persistes à t'en mêler.

— Rentrons à Assouan dès demain ! Oublions les oasis ! Je renonce à Farafra. Je n'ai plus de goût pour les excursions. Je suis fatigué, déprimé. Il me faudra quelques jours de repos et de solitude pour digérer tout ce que tu viens de m'apprendre.

Dans la chambre, Abou Bakr vérifia le pansement.

— Je vais rester avec toi cette nuit. Pas d'objection ?

Chassignet s'octroya au goulot une bienfaisante lampée de bourbon pendant qu'Abou Bakr calait une chaise sous la poignée de la porte.

— Il n'y a pas de serrure. Je pense que tu ne risques plus rien cette nuit, mais je préfère prendre quelques précautions.

Chassignet s'effondra sur le lit et éteignit la lumière aussitôt.

Depuis toujours, l'alcool agissait sur sa nature cyclothymique d'une façon navrante. S'il gonflait ses enthousiasmes jusqu'à l'exaltation, jusqu'au vertige, il avait aussi la redoutable propriété de changer un spleen en désespoir. La moindre contrariété engendrait alors détresse et découragement. Dans le noir, Chassignet s'apitoya sur lui-même avec complaisance. Homme de plaisir incorrigible, il transformait ses états d'âme, chagrins en délectations moroses. Perdu dans le désert libyque, blessé, égaré dans une enquête hasardeuse, il se demandait à quoi rimait cette aventure. Mais une intense bouffée de bien-être et de sensualité s'empara de sa poitrine et de son ventre lorsqu'il sentit glisser contre lui le grand corps soyeux de son ange gardien. Il posa contre l'épaule douce un visage baigné de larmes.

Quand il ouvrit les yeux sept heures plus tard, le soleil qui dardait à travers les persiennes lui brûlait déjà l'épaule. Son compagnon avait disparu. Du rez-de-chaussée montait une vieille mélopée sentimentale de Farid El Atrache qui gémissait : *Mich moumkin ahebak*[1].

Chassignet s'habilla en hâte et se précipita vers la salle à manger. Le serveur lui apprit que son chauffeur était sorti depuis plus de deux heures. Chassignet s'apprêtait à vérifier si la voiture était là quand Abou Bakr franchit le seuil.

---

1. Impossible de t'aimer.

— Mais où étais-tu passé ? Heureusement que je dormais, sinon je me faisais un sale mouron.

— Un quoi ?

— Je me serais inquiété pour toi. D'où viens-tu ?

— Du centre. J'ai croisé une connaissance, un jeune professeur de lycée de Farafra. Je l'avais connu à Alexandrie, à l'université. Sa mère vit ici ainsi que tous ses jeunes frères. Il revient à Dakhla pour ses congés. Nous avons bavardé. Ses frères et lui connaissent tous les jeunes gens de la région, sans exception.

— Et alors ?

— L'homme au couteau n'est pas d'ici !

— Comment peux-tu être aussi catégorique ? Il faisait presque nuit. Nous l'avons à peine vu.

— Parle pour toi, ô homme civilisé aux sens atrophiés ! Moi, je saurais te décrire exactement chaque trait de son visage, la forme de ses yeux, de sa bouche, de sa moustache. Il m'a insulté, souviens-t'en ! L'accent avec lequel il m'a traité de fils de chien n'est pas d'ici, c'est un accent du Delta. Il n'y a aucun garçon de dix-huit-vingt ans ici avec à la fois ce physique et cet accent, aucun non plus à se parfumer avec de l'eau de toilette française.

— Tu plaisantes ? Je n'ai pas senti de parfum.

— Évidemment, Claude ! À ce moment-là tu ne songeais qu'à sauver ta peau.

— Fichtre ! Si un jour j'ouvre une agence de détective, tu seras le limier chef.

— J'y compte bien !

Ils filèrent à travers le désert à toute allure pour regagner la grande route de Kenah-Assouan. Au poste de contrôle de la sortie d'El-Kharga ils furent accueillis par le policier qui la veille s'était si fort préoccupé de leur sécurité. Il se contenta d'ouvrir la barrière sans un mot. Juste un vague signe de main.

— Je constate qu'on ne me traite plus en *Very Important Person*. Je vais devoir me plaindre auprès du caïd.

— Claude, tu m'as juré…

— Je plaisantais. Rassure-toi ! Jusqu'à la fin de la semaine je ne quitterai pas l'hôtel, je soignerai mon bras, dormirai quinze heures par jour et je jouerai au bridge avec mes voisins anglais.

— Pas un mot des récents événements à Claudio !

— Ne crains rien ! D'ailleurs il n'est pas là. Nous sommes mercredi, tu sais bien que son bateau n'accoste que les samedis. Je n'irai même pas au café. J'ai besoin de quelques jours de solitude pour faire le point. Pour toi je serai toujours là, appelle-moi si tu as besoin de moi.

XVI

Trois jours plus tard, le vendredi en fin d'après-midi, alors que Chassignet somnolait dans sa chambre, Abou Bakr l'appela au téléphone :

— Je viendrai te chercher tout à l'heure pour dîner à la maison. Je sais tout maintenant.

— Qu'as-tu découvert ? Dis-le moi tout de suite.

— Non, pas au téléphone. Je serai à ton hôtel à 8 heures.

Chassignet s'impatientait dans le hall. Abou Bakr, qui était toujours ponctuel, avait près d'une heure de retard. Il informa la fille de la réception qu'il allait s'asseoir à la terrasse et la pria de l'avertir quand son chauffeur serait là. Elle vint le chercher dix minutes plus tard.

— Venez, monsieur Chassignet, le directeur aimerait vous voir.

La gorge de Chassignet se noua. Il avait compris.

— Monsieur Chassignet, il s'est produit un

drame. J'ai une bien triste nouvelle à vous annoncer. Votre chauffeur est mort. On vient de le trouver à la sortie de son village couché à côté de sa voiture.

— Assassiné ?

— Oui, quelqu'un l'a égorgé.

Chassignet se précipita pour vomir dans les toilettes du rez-de-chaussée. Et quand il tituba vers l'ascenseur, il tremblait de tous ses membres. Il se jeta sur son lit dans l'obscurité, maudissant la terre entière avant de sombrer dans un trou noir.

Quand Chassignet refit surface son chagrin se mua en colère. Blême, il sentit monter en lui la haine, la vraie, féroce et incontrôlable, celle qui transforme la crème des hommes en tueurs. Ça faisait bien longtemps qu'il n'avait frémi d'une telle rage. Sous le jet glacé de la douche il fut assailli d'images depuis longtemps enfouies : cadavres, puanteurs, villageois innocents torturés, violés, égorgés, torses déchiquetés des tendres compagnons, charpies coagulées, râles de jeunes gens perdus, héros dérisoires à l'œil déjà vitreux, obscènes boucheries. La grande danse macabre, encore et toujours.

Chassignet était d'autant plus décidé à venger Abou Bakr qu'il se sentait responsable de sa mort. Il était persuadé qu'on l'avait éliminé pour l'empêcher de parler. Son téléphone était donc surveillé.

Sans déjeuner il quitta l'hôtel et s'élança vers la corniche, hagard comme ces personnages des tragédies brusquement privés de raison par des dieux implacables.

Il vociférait et rythmait ses pas de jurons et menaces en français mêlé d'arabe : « De mes mains je vais étrangler le fils de pute qui a fait ça ! *Mistannek, Ibn ech-charmouta*[1] ! » qui laissaient perplexes les flâneurs du quai.

Il errait, les poings crispés, le cœur battant au galop, sans savoir où diriger son rif. Une forte douleur dans la poitrine le contraignit à réduire son allure. À bout de souffle, trempé de sueur, il tituba contre le parapet du quai. Le *Kasr el-Nil* accostait à ses pieds. C'était dimanche matin, Claudio était revenu tard dans la nuit, la bétaillère saturée de nouveaux broutards. Quand l'Italien se précipita vers lui, Chassignet comprit qu'il était déjà au courant du drame.

— Viens dans mon bureau !

Pour une fois, Claudio sut se taire. Il serra longuement Chassignet dans ses bras. Dans le coquet bureau d'acajou, le justicier du quai n'était plus qu'un pauvre type abattu, un ex-

1. Je t'attends, fils de putain !

baroudeur vieillissant qui, le visage en larmes, refoulait une chimérique soif de représailles.

— Je vais demander du café. Pardonne-moi de n'être pas allé à ton hôtel dès ce matin, mais j'ai été très occupé avec mes vacanciers, l'organisation des visites, le programme des trois jours à venir... tu connais cela... Je n'ai appris la nouvelle qu'en descendant à terre il y a une demi-heure, et j'allais vers toi lorsque tu es arrivé. Ressaisis-toi et raconte-moi tout ce que vous avez fait cette semaine, ton chauffeur et toi...

— Je ne peux pas. Ne m'en veux pas ! Je suis très affecté par ce crime.

— Écoute-moi bien, Chassignet ! La situation me paraît grave et tu es tout seul aujourd'hui. Nous nous connaissons depuis près de dix ans. Pas intimement, bien sûr, mais assez pour qu'on puisse employer le terme d'amitié, en tous les cas de sympathie. Et la sympathie, Claude, c'est la litote de l'amitié. Je t'aime sincèrement. J'ignore si c'est réciproque. Tu es le seul Européen que je fréquente régulièrement depuis que je vis ici, la seule personne qui me fasse oublier les lamentations des touristes et les conneries indigènes des cafés. Quand tu quittes Assouan il ne me reste plus que les livres, et parfois ma femme quand elle consent à passer quelques semaines avec moi. Ma fille et mes fils ne viennent presque jamais. Leurs études les retiennent à Rome.

— Mais pourquoi ne retournes-tu pas dans ta patrie ?

— Je ne sais pas. C'est trop tard maintenant, ou trop tôt peut-être. Celui qui a bu l'eau sacrée du Nil…

— Claudio, oublie l'eau du Nil et demande pour moi un double cognac avec le café. Prends-en un pour toi aussi. Tu vas en avoir besoin pour encaisser ce que je vais te dire : je suis persuadé aujourd'hui que le meurtre d'Abou Bakr tout comme la mort de Versenna, car lui aussi est probablement mort, concernent ton cher ami le policier.

— Tu délires ? J'ai du mal à croire ça, mais si c'est vrai, il te faudra agir avec prudence. Si la police locale a quelque chose à voir dans cette histoire, je préfère que tu abandonnes ton enquête et que tu retournes en France dès demain.

— Hors de question ! Je ne quitterai pas la ville avant de connaître la vérité.

— Je n'essaierai pas de te convaincre Jamouss, car tu es aussi têtu que les buffles dont tu portes le nom. Fais ce que tu crois juste, mais pour l'amour du ciel, sois prudent. Tu peux et tu dois me faire confiance. Sur mes enfants, je te jure que je t'aiderai, je te le jure sur les Évangiles et sur la Vierge.

Chassignet savait Claudio croyant. L'Italien avait, sans qu'elle fût altérée par des doutes ou même des interrogations, conservé la foi catholique de son enfance, une foi naïve, superstitieuse, mais profonde. Le mécréant morvandiau l'avait plusieurs fois taquiné à ce sujet. Gentiment, mais avec fermeté, son ami l'avait prié de cesser toute plaisanterie.

« Je sais que Monsieur est un libre-penseur, un esprit prétendu fort. C'est ton problème, mais je te demanderai de ne pas malmener la religion devant moi. Tu dois respecter ma foi. Je respecte bien ton athéisme. Ai-je jamais essayé de te convertir ? »

Si Claudio jurait sur l'Évangile, Chassignet considéra qu'il pouvait se fier sans crainte à son serment. Il se sentait si désespérément seul, la mort d'Abou Bakr l'ayant privé de son unique confident et assistant. Réconforté par le cognac il dévoila tout sans rien omettre de leurs aventures ni des ultimes et incomplètes informations fournies par l'ami assassiné.

— En effet, ça sent mauvais ! Ne précipite rien, essaie de retrouver ton calme et ta lucidité. Reste sur le bateau et remonte avec moi jusqu'à Louqsor demain soir. Ça te changera les idées. Après ce que tu viens de me révéler, j'hésite à t'abandonner ici cette semaine.

— Non ! Je ne partirai pas. Je veux voir Abou Bakr, je tiens à l'accompagner au cimetière. D'ailleurs je vais te laisser, j'ai décidé de me rendre à la morgue ce matin.

— Pas sans moi ! On pensera ce qu'on voudra, mais je t'accompagne.

Les morgues se ressemblent toutes. Ce n'est pas là que l'on aime faire un dernier adieu à ses amis. En Europe ou en Amérique ce sont des chambres froides où les viandes sont conservées selon les critères dictés par la répression des fraudes, aseptisées, stérilisées. Celle d'Assouan n'en diffère que par la crasse.

Quand l'employé de service retira le linceul, Chassignet lui ordonna de le laisser seul un instant avec le mort. L'autre protesta en parlant de police, mais un bakchich de cinquante livres le fit promptement détaler. Après s'être signé, Claudio s'écarta discrètement.

Les beaux yeux d'Abou Bakr étaient clos. Le garçon avait rejoint ceux que les dieux aiment à faucher dans la fleur de l'âge, comme s'ils avaient toujours besoin de chair fraîche pour égayer leur vieil Olympe. « Une fois de plus, se dit Chassignet, toutes les musiques se sont tues. » Il songea aux deux nuits passées dans le désert, à cette incarnation parfaite du Beau et du Bien, dormant contre lui, fraternellement.

La plaie obscène qui béait à la gorge du cadavre était malheureusement profane. Aucun dieu jaloux n'avait gagé le sicaire. Chassignet posa sa main sur le front de la victime, longuement, tendrement avant de rejoindre Claudio.

L'Italien, depuis toujours nourri de grandioses tragédies lyriques, avait craqué devant l'horreur.

— Partons vite, dit-il en essuyant ses larmes.

— Je vais au café, dit Chassignet, je ne veux pas donner l'impression d'être trop concerné. Je passerai aussi chez Eastmar, pour régler ce que je dois. La mère d'Abou Bakr aura bien besoin de cet argent maintenant.

Au café on ne parlait que du meurtre, mais comme personne ne savait quels liens avaient uni le chauffeur et Chassignet, ce dernier ne fut pas harcelé. Les morts violentes étaient assez fréquentes en Égypte.

Ayant toujours vécu en marge, Abou Bakr n'avait pas d'amis dans les cafés d'Assouan, il n'était lié qu'avec les habitants de son village.

À peine installé Chassignet se sentit observé. C'était comme si on lui taraudait l'épine dorsale. Une acuité de vieux coureur des bois, un don acquis alors qu'il était griveton dans les planques et bivouacs, un instinct de Peau-Rouge.

Il se retourna sous prétexte d'appeler un garçon, et tout de suite croisa le regard narquois du jeune argousin râblé qui avait photocopié son passeport. À son bras brillait la Baume et Mercier d'Abou Bakr.

« Et voilà le salopard qui a exécuté la besogne ! Il ne se gêne même pas pour exhiber devant moi la preuve de son crime. Délibérément ! »

Chassignet ne se contint plus. Il quitta le café, se dirigea vers l'immeuble de police, se disant qu'il valait mieux oublier Claudio.

Dans le hall sinistre palabraient les mêmes sbires, ceux qui lui avaient offert des cigarettes. Cette fois-ci ils s'adressèrent à lui directement en arabe :

— Est-ce qu'on peut t'aider ?

— Je viens voir Omar Abd el-Fatah !

— Tu as rendez-vous ?

— Non, mais dis-lui que je veux être reçu immédiatement. Une question de vie ou de mort !

La jeune bourrique décrocha son téléphone et comme la fois précédente parla tout bas, la main devant le combiné.

— Je vous accompagne !

Dans l'ascenseur Chassignet se dit qu'il commettait une bêtise.

— Cher monsieur Chassignet, quelle navrante histoire. J'espère que vous n'êtes pas trop contrarié.

— Comment osez-vous parler de ce meurtre sur un ton aussi badin ? Mais qui êtes-vous donc pour me croire dupe ? Je sais parfaitement ce qu'il en est. Abou Bakr a été massacré par la police et vous ne vous êtes même pas privé de me le faire savoir.

— Êtes-vous devenu fou ? De quel droit me parlez-vous ainsi ? Sachez bien, monsieur Chassignet, que si vous n'étiez pas un visiteur auquel je dois hospitalité et protection, je vous ferais arrêter sur l'heure.

— Je pourrais peut-être aussi me jeter par la fenêtre tout de suite. Vous ne redoutez pas les factures des vitriers dans votre établissement.

— Écoutez-moi bien ! Je ne comprends rien, strictement rien à vos insinuations. Soyez assez aimable de vous calmer et de m'expliquer de quoi il retourne.

— Votre agent qui a égorgé Abou Bakr se pavane au café avec la montre de la victime au bras.

— Qu'est-ce que vous me chantez là ? Quel agent ?

— Le petit salopard qui a photocopié mon passeport !

— Quoi ? Je ne comprends rien, vous dites qu'il se promène avec la montre de votre chauffeur ?

— Parfaitement ! C'est une précieuse et ancienne montre suisse qui lui fut offerte par un de ses clients l'an dernier, un certain Versenna, ça vous dit quelque chose ?

Le policier décrocha son téléphone. Il donna l'ordre de faire chercher l'individu.

— J'ai fait appeler mon assistant.

— J'avais compris !

— Ah oui, j'oubliais que vous parliez l'arabe. Ce garçon va s'expliquer devant vous. J'ignore d'où il tient la montre, mais je puis vous assurer que la police n'a strictement rien à voir avec la mort de votre chauffeur.

— Réglez vos problèmes entre vous. Je n'ai aucune envie d'assister à votre lessive. Je vous fais confiance, dans moins d'une heure vous pourrez m'expliquer ce mystère. Je vous demanderai seulement de rendre la montre à la famille. Sur ce je vous laisse, *ma'a salama !*

Chassignet ne se faisait pas d'illusions. Le cogne trouverait une explication, une réponse simple et limpide qui mettrait la police hors de cause. Mais dans l'immédiat il lui sembla prudent de faire semblant de croire à la bonne foi du policier.

— Excusez-moi, monsieur Abd el-Fatah, je suis d'une nature irascible. N'y voyez rien de

213

personnel. Dans un commissariat français j'aurais sans doute été beaucoup plus odieux.

— Je comprends votre emportement. Cette histoire de montre est vraiment troublante. Pardonnez-moi d'avoir réagi brutalement ! Est-ce que vous rentrez à l'hôtel ? Je vous appellerai dès que j'aurai interrogé mon lieutenant.

— Au risque de vous paraître à nouveau désagréable, je ne puis m'empêcher de m'interroger sur certains de vos subordonnés. Celui-ci tout particulièrement. Un lieutenant ? Je le verrais plutôt en mouchard, en second couteau, en provocateur. Votre lieutenant m'a tout l'air d'une gouape, Monsieur !

— Excusez-moi, je ne comprends pas la moitié des mots que vous employez, mais peu importe, j'en devine plus ou moins le sens. Calmez-vous, cher ami, je vais tirer tout cela au clair.

— Je ne serai pas à l'hôtel. Je vais déjeuner sur le *Kasr el-Nil*.

— C'est encore mieux ! Faites mes amitiés à notre cher Claudio. Je vous rejoindrai pour le thé.

Quand Chassignet lui relata les récents événements, Claudio fut atterré.

— Je ne peux donc pas te laisser seul un instant ? Qu'allons-nous faire maintenant ? Si la police est dans le coup, tu as tout foutu en l'air.

Omar va nous fournir une explication lumineuse et nous resterons le bec dans l'eau.

— Comment peux-tu être si naïf ? La police est responsable. Ce voyou m'a exhibé la montre délibérément.

— Mais pourquoi ?

— Intimidation ! Abd el-Fatah savait qu'Abou Bakr allait tout me révéler. Il surveillait mon téléphone, ça ne fait pas un pli. C'est moi, moi seul qui suis visé. Le policier veut à tout prix cacher la vérité sur Versenna et, pour lui, je suis un danger, le seul gêneur qu'il ait trouvé sur sa route jusqu'à présent. Il a pu, sans difficulté, se débarrasser des enquêteurs et des journalistes français, mais que peut-il contre moi ? Rien officiellement. Il est intelligent, il sait que je ne suis pas dupe, mais il n'a aucun pouvoir légal pour abréger mon séjour à Assouan.

— Il peut te faire descendre. Je me demande

— Ne te demande plus. Il a bien essayé. Aujourd'hui je suis persuadé que le tueur qui m'a loupé dans l'oasis est venu sur son ordre. S'il m'avait saigné, on aurait conclu au crime crapuleux. À tous les coups, ils auraient accusé Abou Bakr et l'auraient abattu avant qu'il ne puisse témoigner. D'ailleurs pour ce malheureux garçon le résultat est le même. Il a bel et bien sacrifié sa vie pour moi. Celui qui l'a égorgé est peut-être l'homme d'El-Dakhla.

— Va-t'en Chassignet, quitte l'Égypte ! Tu n'es pas assez concerné par Versenna pour jouer ta vie. Quel intérêt ? La curiosité ? Le souvenir d'un être qui a croisé ta route, mais auquel tu n'as jamais été lié ? Versenna est peut-être mort, mais tu n'as aucune raison de porter son deuil et encore moins de le venger.

— Peut-être, mais à présent il ne s'agit plus seulement de Versenna. Il y a Abou Bakr ! Et cette victime-là, je porte son deuil, et pas seulement dans mon âme.

— Je comprends, Claude ! Cette douleur, je la comprends très bien, mais, de grâce, éloigne-toi d'Assouan. Tu ne peux plus rien. Si grand que soit ton chagrin, il me semble stupide de mettre ta vie en péril.

— Le danger n'est sans doute plus aussi mortel. Pour prendre le risque de me buter ici, il faudrait qu'Abd el-Fatah soit couvert par ses supérieurs. Et la disparition de Versenna ne fut certainement pas programmée par le ministre de l'Intérieur. Je suis persuadé que c'est une affaire crapuleuse dans laquelle ce poulet s'est compromis à titre privé. Versenna n'était pas un espion israélien ou iranien, ni un terroriste venu du Soudan. Abou Bakr a su, avec l'aide d'un fellah dont j'ignore le nom, faire la lumière sur ce fait divers car, crois-moi, Claudio, il ne s'agit que d'un fait divers, une histoire sordide et pas mal embrouillée. Je ne crois pas au complot. Comment deux pauvres villageois auraient-ils su élucider cette énigme ? Non, la disparition de Versenna n'est pas une affaire d'État.

— Trafic ? Une histoire de drogue ? Est-ce que le pianiste se droguait ?

— Non, certainement pas, en tous les cas pas avec les substances que nous appelons généralement drogues. Une sœur de Versenna vit en France. J'irai la voir pour qu'elle me parle un peu de son frère. La réponse, me semble-t-il, est cachée dans sa personnalité, dans ce qu'Abou Bakr appelait sa face cachée. Versenna était complexe, énigmatique. Le bonhomme se complaisait dans le morbide baroque, et pas seulement dans les livres qu'il collectionnait. Il a dû se fourvoyer dans un bien funeste labyrinthe.

— Attention ! Voici le grand exterminateur.

Abd el-Fatah, escorté par deux porte-flingues, venait de franchir la passerelle.

— Bonjour mon cher Claudio ! Je ne doute pas que notre ami t'ait fait part de ses inquiétudes. Cher monsieur Chassignet, je viens vous rassurer. Vous savez, si je ne craignais de vous manquer de respect, je dirais que vous êtes quelque peu paranoïaque. Le secret de l'enquête

ne m'autorise pas à vous fournir les renseigne-
ments que je vais vous livrer, mais comme vous
vous sentez plus ou moins concerné par l'assassi-
nat de votre chauffeur, je vais faire une exception. Je compte bien entendu sur votre totale
discrétion. Lorsqu'on m'a informé hier soir,
j'ai dépêché deux de mes hommes sur les lieux.
Le lieutenant que vous connaissez m'a avoué
avoir volé la montre. Je l'ai mis aux arrêts pour
trois mois. Ensuite, il sera muté pour quelque
temps dans le désert. Je ferai rapporter la montre à la famille. Quant aux meurtriers, nous les
avons arrêtés ce matin. Ce sont des fanatiques.
Une plaie d'Égypte ! Il nous faut absolument
éviter ce genre de publicité si néfaste pour notre
économie… Vous savez combien les attentats
du début des années 90 ont eu de désastreuses
répercussions sur le tourisme. C'est pour cette
raison que j'ai pris toutes les précautions afin
de vous protéger dans les oasis. Le danger est
réel. Rappelez-vous les récents meurtres d'El-
Minia.

— Mais enfin, pourquoi Abou Bakr ?

— Votre chauffeur, vous ne l'ignorez pas, était
un mauvais musulman. Ceux qui l'ont condamné
ont dû considérer qu'il avait pris goût au poi-
son occidental, aux livres pernicieux. Cher ami,
tâchez d'oublier cette tragédie. L'affaire est

maintenant entre nos mains, les coupables seront punis selon la loi.

— Je n'en doute pas !

— Je pense que vous devriez rentrer en
France. On ne sait jamais. Je ne voudrais pas qu'il
vous arrive malheur à vous aussi, je ne me le pardonnerais jamais. Maintenant, excusez-moi, le
devoir m'appelle.

— Bravo l'artiste ! s'écria Chassignet quand le
colosse fut sur le quai. Emballé, c'est vendu !
Quelle foutaise ! Dans quelques jours nous
apprendrons que deux dangereux terroristes ont
été exécutés, et l'affaire sera close. *Allahou Akbar !*

— En effet, Abd el-Fatah a mené cela ronde-
ment. Personne ici n'osera se mettre en travers
de son chemin. Mais je lui donne raison sur un
point : tu devrais partir !

— J'accompagnerai Abou Bakr au cimetière.
Puis j'irai chez Meryem.

— Ça, vois-tu, c'est une mauvaise idée. Je
t'interdis de retourner à l'île Éléphantine.

XVII

Le cimetière n'est plus la butte isolée au milieu des champs. Il fait aujourd'hui partie des nouveaux quartiers de la banlieue sud d'Assouan qui, année après année, dévorent inexorablement un paysage intact depuis des millénaires.

Chassignet aimait la simplicité des cimetières musulmans. Ici pas de marbres tarabiscotés, pas de granits, pas d'épitaphes hypocrites. Les absents dorment sous de modestes tumulus coiffés d'une pierre brute. Au milieu du champ des morts se dresse un grand sycomore, probable réminiscence de l'arbre sacré des anciens Égyptiens.

Des garçons d'El-Esba, des cousins, des voisins portaient à bout de bras la bière dans laquelle Abou Bakr reposait en son linceul. La mère, soutenue par ses deux enfants, précédait le cortège noir des pleureuses qui avec force gestes poussaient des lamentations stridentes.

Après la cérémonie, Chassignet s'approcha de la malheureuse.

Elle leva vers lui des yeux tristes et beaux qui disaient toute la détresse et la résignation des pauvres, ceux qui savent que le malheur ne les épargnera jamais.

— Dieu m'a repris mon fils. C'est le destin !

Chassignet serra contre lui le jeune frère et la petite sœur. Avant de quitter le cimetière il alla se recueillir devant les tombes de deux amis. Il héla ensuite un taxi et se fit conduire en ville, à l'agence Eastmar. Un seul employé gardait le bureau.

— Le directeur et le personnel sont à l'enterrement d'Abou Bakr, ils seront bientôt de retour.

— J'en viens, mais je ne les ai pas vus. Il y avait beaucoup de monde, tout le village était là.

Chassignet pria le directeur de lui faciliter une opération bancaire. Il voulait ouvrir un compte au nom de la mère d'Abou Bakr et y déposer, dans l'anonymat, une somme qui débarrasserait la malheureuse des soucis matériels aussi longtemps que son jeune fils ne pourrait subvenir aux besoins de la famille.

— Monsieur Chassignet, vous êtes un homme bon et généreux. Pour être parfait il ne vous manque qu'une chose.

— Et quoi, je vous prie ?

— Convertissez-vous à l'islam !

— On ne peut transformer un vieux mulet en pur-sang arabe et l'on ne fait pas un bon musulman avec un mauvais chrétien.

— On ne sait jamais ! Je ne désespère pas, *inch'a Allah* ! Si vous avez besoin d'un chauffeur, n'hésitez pas à m'appeler, je vous en enverrai un gracieusement. Je vous considère comme un ami, comme un frère.

— Merci, mais je ne désire plus faire d'autres excursions. Je vais rester en ville maintenant.

Chez Meryem tout était clos, et personne ne répondit quand Chassignet cogna à la porte. Une voisine lui glapit de sa fenêtre :

— Elle n'est plus là. Elle est partie depuis cinq jours.

— Où est-elle ?

— Et qu'est-ce que j'en sais, moi ? Ce n'est pas ma fille, *Hamdou lillah*[1].

— Elle n'a aucune famille en Égypte.

— Ah ça non ! De famille elle n'en a pas, mais des amis si, et plus d'un, n'est-ce pas Jamouss ?

— Ça va, va faire la soupe pour ton mari !

— Jamouss, Jamouss, t'as de grandes cornes, tous les Jamouss ont des cornes.

D'autres mégères se précipitèrent dans la rue, avec leurs fillettes. Elles reprirent en chœur :

— Jamouss, le Jamouss a des cornes.

1. Dieu merci !

— Rentrez dans vos tanières, vieilles sorcières jalouses. Vous aussi vous portez des cornes. Ça je vous le garantis, car je connais bien tous vos maris. Je les comprends, je les approuve et je les encourage.

Les quolibets cessèrent aussitôt.

Chassignet regagna son hôtel. Le petit cireur de chaussures costumé qui est installé à demeure dans le hall de l'hôtel lui fit un joli sourire. Devant la porte en fer ciselé de l'ascenseur il croisa ses voisins anglais.

— Oh ! bonjour Monsieur, on ne vous a guère vu ces derniers jours. Le garçon de chambre nous a dit que votre chauffeur était mort.

— Oui, Madame, il a été assassiné.

— Assassiné ? Oh ! bonté divine, comme c'est intéressant. Vraiment excitant ! Venez prendre le thé avec nous sur la terrasse, vous nous raconterez cela.

— Pardonnez-moi, Madame, mais je trouve ce drame moins excitant que vous. J'aimais beaucoup ce garçon et je connais sa famille. Je vous prie de m'excuser.

Quand Chassignet pénétra dans la cage vitrée du vieil ascenseur, l'antique baderne coloniale le toisa et, prenant le bras de son épouse, il s'éloigna en maugréant :

— Les Français sont décidément des animaux étranges. Il aimait son chauffeur, a-t-il dit. J'ai

223

bien entendu, ma chère ? Il aimait son chauffeur et le chauffeur a été assassiné. Vous qui êtes passionnée d'histoires policières, vous devriez enquêter et ensuite écrire un roman.

Avant de rejoindre Claudio pour le dîner, Chassignet alla s'étendre dans sa chambre. Il ouvrit sa fenêtre et écarta les tentures pour profiter de la brise du soir.

Il s'assoupit, bercé par les plaintes mélodieuses du jeune chanteur de la terrasse :

Mon cœur, ne me demande pas où est l'amour
C'était un songe vite évanoui
Verse-moi à boire, buvons sur ses ruines
Et pendant que coulent mes larmes
Raconte comment cet amour défunt
est devenu une histoire
exemplaire…

Chassignet reconnut *El Atlal*[1], une des plus belles chansons d'Oum Kalsoum :

Où est-il, bien-aimé merveilleux,
mon enchanteur grand, digne et noble ?
Serein, il s'avance comme un roi
nimbé de beauté criminelle et de majesté
Son charme est enivrant comme le parfum des collines..

1. Les ruines.

Il revit Abou Bakr dans le désert, tel qu'il le surprit à leur retour d'Abou Simbel songeant à la charogne et au vautour. Abou Bakr silencieux, solennel, comme si autour de lui le monde entier participait d'une sorte de cérémonie, elle aussi solennelle et silencieuse.

Quand il se réveilla, il faisait nuit.

« Je n'ai plus rien à faire ici », se dit Chassignet.

Claudio fit servir un dîner particulièrement raffiné.

— Alors, c'est décidé ? Tu ne veux pas remonter le Nil avec moi pendant quelques jours ?

— Je naviguerais volontiers quelques jours avec toi, mais ne me demande pas de vivre dans ta ménagerie.

Ils prenaient le café dans un des salons. Le cirque des serveurs en était au dernier numéro de la soirée : ultimes contorsions et fanfaronnades devant les proies amollies par le vin et les digestifs.

— Tu vois, dit Chassignet, je me sens un peu comme ce type dans *Soudain l'été dernier* de Tennessee Williams. Je suis repu de peaux brunes, j'ai envie de retrouver d'autres cieux, d'autres climats. Les blondeurs, le Nord.

— Je me rappelle parfaitement la scène. J'ai

vu le film avec Elizabeth Taylor. Ça se passait au Mexique, à Cabeza de Lobo ! Ça ne te trouble pas ? Le Sebastien de Tennessee Williams me fait tout à coup penser à ton ami Versenna. Assouan fut peut-être le Cabeza de Lobo du pianiste. Un esthète névrosé qui se laisse déchiqueter sur une plage mexicaine par une bande de gosses faméliques. Dieu sait si Versenna n'a pas connu une fin de ce genre ?

— C'est possible. Je suis fatigué de tout cela Si Versenna s'est précipité volontairement dans l'horreur, je n'ai aucune envie d'en connaître les détails. Je ne suis pas un pervers. Ce genre de trip me répugnerait plutôt. Quand je suis venu enquêter, je pensais que Versenna était une victime. En souvenir de quelques vieilles émotions j'ai voulu honorer sa mémoire. Ses amis musiciens l'ont fait par un concert public à Paris. Moi j'ai cru bien faire en élucidant le mystère de sa disparition. Mais si la présumée victime fut une proie consentante, ça n'est plus de mon ressort. Et la vérité ne pourrait alors que nuire à l'image du beau pianiste énigmatique. Si le mystère demeure, il entre dans la légende.

— Tu as raison. Si une vérité triviale apparaissait, Versenna finirait dans la boue des magazines à scandales.

— De plus, je ne suis plus motivé. La mort d'Abou Bakr m'a brisé. Je ne peux plus vivre ici comme avant. Je vais rentrer en France. Ne crois pas que je me sauve à cause d'Abd el-Fatah. Celui-là je me le garde. Je suis toujours résolu à le démasquer. Je te laisse, mon cher Claudio ! Merci pour ton amitié si fraternelle. À ton retour de Louqsor je ne serai plus là. Je reviendrai en avril ou en mai, quand j'aurai rencontré la sœur de Versenna.

Quand il prit sa clef, le réceptionniste informa Chassignet que quelqu'un l'attendait depuis plus d'une heure à la terrasse.

— Qui est-ce ?

— Je l'ignore. Un jeune homme.

C'était Khaled, le jeune frère d'Abou Bakr.

— La paix sur toi, mon ami ! C'est ma mère qui m'envoie. Elle veut que tu acceptes ceci, en souvenir d'Abou Bakr. Mon frère nous avait raconté comment tu avais perdu la même montre dans le Nil. Celle-ci fut un cadeau de son ami Denis.

Chassignet serra Khaled dans ses bras.

— Je sais Khaled ! Merci ! Remercie ta mère ! Je m'envole demain pour Le Caire. Mercredi je serai en France. Je vais te laisser mon adresse et mon numéro de téléphone. Mais je te demanderai de ne pas m'écrire d'Assouan. Maintenant ta mère n'a plus que toi, il faut que tu sois prudent.

— Tu ne crois pas non plus que mon frère a été tué par des fanatiques ?

— Non, Khaled, je ne le crois pas. C'est pour cette raison que tu dois prendre garde. Je reviendrai plus tard. En cas de besoin, tu peux t'adresser à mon ami Claudio, le directeur du *Kasr el-Nil*. Mais sois discret !

Comme toutes les nuits Chassignet s'attarda sur sa terrasse. Les gros rochers gris de la pointe sud de l'île luisaient sous la lune comme les dos d'un escadron d'hippopotames que l'on aurait entassés pour soutenir le plateau de ruines antiques.

Chassignet était accoudé à sa balustrade quand un claquement sec retentit sur l'île. Une balle fit voler en éclats plusieurs travées du volet de sa chambre, à quelques dizaines de centimètres de sa tête.

« Ça, c'était parfaitement inutile, mon cher Abd el-Fatah. Cette fois-ci, le message est un peu grossier. Si tu crois que je vais me pointer à ton bureau demain matin pour t'annoncer que j'ai échappé à un attentat islamiste, tu te goures. Cela dit, quand tu verras que je suis parti, tu pourras toujours imaginer que tes tentatives d'intimidation auront marché et que j'ai détalé par trouille. »

Calmement, Chassignet ferma ses volets, non

sans avoir fait de la main un long salut très amical suivi d'un bras d'honneur à l'adresse du tireur embusqué en face.

« Saloperie pégriote de lieutenant de mon cul. Si tu crois que je ne pige pas votre cinéma de merde. Va te faire endauffer par ton caïd Omar ! »

Déclamer des injures était pour Chassignet un divertissement roboratif et défoulatoire. Il ne put s'empêcher de compléter en arabe :

« Petite sous-bite, ta mère t'a conçu alors qu'elle était couchée dans le ruisseau entre un porc et un chien et qu'elle fut saillie par les deux ! »

Difficile de composer une litanie plus fleurie d'outrages à la prétendue respectabilité d'un mâle arabe. Ce vocabulaire étant toutefois déconseillé à tous ceux qui, pour leurs loisirs, ont choisi la canne de golf plutôt que la lardoire.

Le lendemain il prit le premier avion pour Le Caire. Au portail d'embarquement Abd el-Fatah discutait avec un vieillard vêtu d'un cafetan rayé comme ceux des cheikhs d'El Azhar[1].

— Cher monsieur Chassignet ! Vous nous quittez déjà ?

1. Célèbre mosquée et université islamique dans le vieux Caire.

— Hélas ! Cher monsieur Abd el-Fatah ! Mes affaires me rappellent en France. Ayez la bonté de saluer pour moi nos amis islamistes. Vous devriez leur suggérer de s'inscrire à un stage de formation, car je ne les trouve pas très bons tireurs. Et si vous la revoyez, embrassez bien Meryem pour moi. Voluptueusement, mon cher !

Chassignet n'avait pu résister à cette provocation. Le policier ne répondit pas. Le regard qu'il lança au Français aurait en quelques secondes transformé le lac Nasser en calotte polaire.

XVIII

Quand Chassignet retrouva ses terres morvandelles, c'était déjà la saison des violettes et des morilles. Les érables sycomores, les symphorines et les marronniers brandissaient leurs précoces et tendres frondaisons comme s'ils voulaient narguer les hêtres, frênes et autres cagnards qui chaque année refusaient de se réveiller à l'heure pour s'accorder une grasse matinée de débauchés chroniques.

Le vieux parc débordait de sève, les jeunes Parques de monsieur Valéry ondulaient de la croupe, les pies se pavanaient dans la rosée comme des chanoinesses en état de grâce, les pinsons dégoisaient leurs ramages d'amour et le bouledogue était en rut. Aucun doute : c'était bien le printemps qui s'amenait.

— Quoi de neuf ici, Laroque ? Comment va notre vieux monde ?

— Il tourne, mon petit, il tourne, mais ne rajeunit point. Moi non plus d'ailleurs.

Chassignet adorait sa gouvernante. Quand son père lui légua le domaine, elle était comprise dans l'héritage. Mimi vivait chez les Chassignet depuis la fin de son adolescence. C'était son soixantième printemps sur les vieux arpents. Elle avait connu petits certains arbres que Chassignet prenait pour des centenaires. Laroque s'exprimait parfois comme un personnage de Shakespeare, avec la philosophie un peu blasée des grands sages, des paysans d'antan et de certains illettrés sublimes. Les considérations de sa vieille nurse sur le monde et son destin inéluctable rappelèrent à Chassignet le dialogue du poète et du peintre dans la première scène de *Timon d'Athènes* : « Comment va le monde ? Il s'use, Monsieur, à mesure qu'il croît en âge ! »

— Sérieusement, Mimi, il ne s'est rien passé d'important ici ? Je n'ai lu aucun journal depuis des semaines.

— Nous avons une comète dans le parc toutes les nuits, les fascistes ont gagné une nouvelle ville du Midi, Mastroianni est mort, « Saucisse de ménage » et « Kirsch fantaisie » (c'est ainsi que Laroque surnommait le président et son Premier ministre) sont au plus bas dans les sondages. Ils viennent de décorer la chanteuse Sheila. Quoi d'autre ? Une bande de crétins castrés s'est suicidée en Amérique pour rejoindre un navire spatial d'extraterrestres planqué derrière la comète. Quoi d'autre encore ? Je ne sais pas ! Comme tu vois, du courant, rien de bien extraordinaire. Et toi, ton séjour là-bas ? Tu n'as pas bonne mine, on dirait que tu as maigri.

— Va falloir me remplumer ! Qu'avez-vous prévu pour demain ?

— Palette et jarret de porc.

— Pour après-demain ?

— Travers de porc au caramel style Louisiane.

— Pour samedi ?

— Boudins grillés, andouillettes au pouilly et fromage de tête.

— Parfait, et pour dimanche ?

— Je pense que dimanche ça ira, tu ne seras plus en manque de cochon. Tu auras une poularde de Bresse aux morilles fraîches.

Chassignet s'octroya une semaine ravigotante : promenades sous les grands chênes tortueux du Bibracte, cette montagne de légendes et de sombres mystères que les vents qui soufflent depuis des siècles n'ont jamais su désenvoûter. Le mont Beuvray est un site vénéré, peuplé de sources, de rochers, de ruines, un lieu druidique quelque peu inquiétant pour le promeneur profane. Chassignet éprouvait là une étrange sensation, un mélange de respect, de terreur et d'exaltation, une sorte de malaise qu'il avait ressenti dans d'autres sanctuaires naturels comme les antiques lieux de sacrifices des Marquises, les montagnes sacrées des Indiens d'Arizona, les forêts taboues où les vieux Kanaks pratiquent encore d'efficaces cérémonies d'*emboucanement*[1], le sommet du Brocken dans le Harz où se perpétuaient les sanglantes traditions nocturnes de Walpurgis.

Tous les chiens qui ont vécu avec Chassignet semblaient mal à l'aise au sommet du Beuvray, comme s'ils y pressentaient d'imminents orages. Ralph, malgré son flegme et son arrogance britanniques, ne faisait pas exception. D'ailleurs cet aristocratique bouledogue détestait les balades, les sentiers, les bois et les prés, se désintéressait totalement des merveilles de la nature et abhorrait tout ce qui n'était pas revêtu de moelleuse moquette. Milord a les pneus fragiles et le moindre gravier pouvait blesser ses délicats coussinets roses. Il ne recouvrait sa sérénité qu'au lit, sa grosse tête plissée bien calée sous le menton de son maître, et barytonnait alors une *partita* de ronflements qui exprimait tout le bonheur et la paix du monde.

Chassignet visita aussi une douzaine de ses amis vignerons de Pouilly, du Mâconnais et de la région de Beaune, histoire de vérifier comment se comportait la cuvée 96 et, pour se rappeler le goût de la chair blanche, il fit quelques

1 Pratiques tribales d'envoûtement.

relâches chez trois-quatre frangines d'Emma Bovary que ses visites surprises amusaient toujours. Chassignet s'était quelque peu spécialisé dans la consolation des épouses délaissées. Combien de notaires, vendeurs de voitures, directeurs d'agences du Crédit agricole, et autres engraisseurs de vaches charolaises ont cru rajeunir vers la cinquantaine en s'achetant une voiture de play-boy et en plaquant leurs femmes pour courir le tendron. La province regorge de femmes superbes. Leur maturité capiteuse, dédaignée par tous ces ignares qui préfèrent se gâter le palais avec des fruits verts, répondait exactement aux fringales de Chassignet.

Pendant une semaine, ce fut une débauche de bonne chère et de belles chairs. Laroque considérait ces excès avec l'air attendri et hypocritement grondeur d'une mère qui au fond d'elle-même était heureuse d'avoir pour fils un polisson. Même si elles ne s'en vantent pas, les mamans ont souvent une préférence pour le fils prodigue, le mauvais sujet.

Sans être vraiment misogyne, la vieille nounou a toujours préféré la compagnie des hommes. Elle bénissait Chassignet d'être resté célibataire et de ne lui avoir jamais ramené une de celles qu'on épouse et qui aurait tôt fait de conquérir sa cuisine et le reste. C'est donc avec indulgence, et pour ainsi dire complicité, qu'elle jugeait

et parfois encourageait les frasques de son
« enfant-maître ».

Dès son retour Chassignet avait écrit à la sœur
de Denis Versenna. Le concierge de l'hôtel avait
fait des manières avant de lui communiquer
l'adresse.

— Mon ami, nous nous connaissons depuis
des années. Cet hôtel est pour ainsi dire ma
seconde maison.

— Je ne peux pas te donner l'adresse de cette
cliente, comprends-moi, *habibi*, c'est interdit.
Tu veux que j'aie des ennuis ?

— Tu risques bien d'en avoir, si tu ne me
donnes pas ce que je demande. On t'interdit de
me communiquer une adresse, dis-tu ? Mais personne ne t'a interdit de faire enregistrer mes
appels téléphoniques, n'est-ce pas ?

— Mais enfin, Jamouss, je n'ai jamais…

— Tais-toi ! Je sais tout. Rassure-toi, je te par-
donne. Tu ne pouvais désobéir à la police.
Seulement, cet hôtel appartient à une chaîne
internationale. Si tu ne me files pas immédiatement l'adresse de cette dame, je promets un
beau scandale.

— Bon, Jamouss, je vais te la donner. Mais
jure-moi de ne pas en parler !

— Promis ! D'ailleurs tu ne risques rien, je
quitte l'Égypte.

La sœur de Versenna vivait dans le Gers. La fiche d'hôtel disait : Odile Fresneau, nom de jeune fille : Versenna, née à Auch en 1955, veuve. Dans sa lettre Chassignet s'était présenté comme un ami de Denis. « Je reviens d'Assouan et j'aimerais vous rencontrer. » La réponse n'avait pas tardé. Odile Fresneau acceptait de le recevoir.

Chassignet flâna en chemin. Une constellation d'étoiles Michelin transforma sa route en voie lactée, bien qu'il s'abreuvât davantage d'armagnac que de jus de vache : La Roche-l'Abeille, les Eyzies, Puymirol, escales capiteuses où les steaks d'oie « Rossini » succédèrent aux pigeonneaux épicés, aux lasagnes de homard aux truffes, aux filets d'agneau en croûte et aux magrets confits. Après s'être bien abîmé le foie avec celui des oies que l'on gave dans ces provinces vouées à la science de gueule, Chassignet parvint à destination. Odile Fresneau habitait entre Condom et Fleurance. La veille il avait gîté dans une vilaine auberge près de cette ville et avait immédiatement détesté le coin : pas le moindre sentier où se balader en paix. Tout était clos, tout était cultivé : maïs et tournesol à perte de vue. Il maudit Van Gogh et monsieur Lesieur :

« De l'Alsace à la Bretagne et de Lille à Perpignan, la France ne sera bientôt qu'un champ de tournesols ! »

Fleurance ! Il espérait une cité de fleurs, un marché embaumé où la belle jeunesse propose de gais produits locaux.

Dans l'ancienne halle, alignées sur les bancs publics, d'effroyables Gargamelles écrasaient sous leurs jambons variqueux de jolis canards blancs aux pattes ligotées, la plupart attachés par deux ou trois. Leurs doux yeux ronds exprimaient une détresse silencieuse et poignante à laquelle ces pouacres étaient indifférentes. Les maritornes gavées continuaient de piétiner les tendres duvets en jacassant et en riant à panse déboutonnée. Il se tira de là, délivré de toute envie de confit et de foie gras pour un moment.

Pour tuer le temps jusqu'à l'heure du rendez-vous, il visita quelques bistrots, juste pour se convaincre définitivement que le madiran ne serait jamais son appellation préférée. Cela dit, depuis les années 70, où certains restaurateurs de Paris avaient imposé ce jus de tannât pour arroser leur rustique et grasse cuisine du Sud-Ouest, le madiran semblait avoir gagné du velouté.

Chassignet fut troublé par la silhouette qui s'avança vers la grille du parc. Le profil néoclassique de Denis, les mêmes yeux verts à reflets d'or, la même blondeur, la même grâce.

— Comme vous lui ressemblez !

— Oui, mon frère et moi sommes l'exact portrait de notre mère. Soyez le bienvenu, monsieur Chassignet ! Cette propriété est notre maison de famille. Denis et moi avons grandi dans ce jardin.

— Vous avez toujours vécu ici ?

— Non, mon mari et moi habitions Paris. Je ne suis revenue dans cette maison qu'après sa mort. Je n'ai pas eu d'enfants. Denis était ma seule famille.

Chassignet lui fit une relation détaillée des événements d'Assouan. Le meurtre d'Abou Bakr la bouleversa profondément.

— Pauvre garçon ! Denis est responsable de cette vie brisée. Quel malheur ! Monsieur Chassignet, mon jeune frère a toujours été un garçon solitaire, bizarre et fantasque. Son enfance fut un cauchemar pour toute la famille. Il vivait en dehors de la réalité, avec des hauts et des bas difficiles à gérer. Il lui arrivait de rester des jours entiers muré dans le silence. Mes parents l'ont plusieurs fois surpris alors qu'il se livrait à des actes de cruauté sur des animaux, des oiseaux qu'il dénichait ou des loirs qu'il piégeait dans les greniers. Il fondait alors en larmes et se punissait lui-même. Avec ses camarades d'école c'était pareil. Il en martyrisait un, puis se laissait copieusement rosser par les autres. À dix ans il se complaisait dans la lecture d'un vieux livre de pédagogie chrétienne déniché dans la bibliothèque : *La Vie des saints martyrs*. C'était un ridicule volume illustré de la fin du XIXe siècle, un véritable catalogue de tortures, rempli d'empalements, de décapitations, de crucifixions à l'envers, de jeunes gens percés de flèches, de fillettes jetées aux lions…

» Tout cela était malsain et aurait sans doute nécessité une consultation chez un spécialiste. Mais nos parents refusaient de dramatiser, et me disaient — j'avais alors seize ans — "Ça lui passera !" Par chance, Denis découvrit très jeune la musique. J'ai quitté Fleurance quelques années plus tard pour faire mes études à Toulouse, puis à Paris et pendant dix ans je ne vis que très peu mon frère. Ce n'est que bien plus tard que nous nous sommes retrouvés. Il était devenu le pianiste célèbre. Nous vivions alors tous deux à Paris.

— Il ne s'est jamais marié ?

— Non ! Il m'a présenté plusieurs jeunes filles, mais aucune n'a su le fixer. Monsieur Chassignet, mon frère était un malade qu'on ne pouvait soigner parce qu'il chérissait et cultivait sa

maladie. Son public et même ses amis igno-
raient tout de la seconde nature de Denis. Il a
toujours su préserver sa carrière. Son état s'est
fortement aggravé ces trois dernières années.
Tout s'est précipité soudain, comme s'il avait
décidé d'en finir. Denis ne voulait et ne pouvait
vieillir. Comment dire cela ? Il était à la fois
Narcisse et saint Sébastien. Une grande complaisance envers lui-même, des goûts morbides,
un désir d'autodestruction, toute une pacotille
mystico-théâtrale dans laquelle il enrobait une
véritable névrose masochiste. Ces dernières années il se confiait volontiers à moi, mais sans
entrer dans les détails de sa double vie. Je n'y
tenais d'ailleurs pas, j'essayais de l'aider comme
je pouvais. Un jour on m'appela du Pera Palace
d'Istanbul. Denis avait été ramassé fort abîmé
dans un bain sordide du quartier de Galata.
On l'avait roué de coups. Il y a deux ans à
Hambourg, il fallut annuler un récital au dernier moment. Des matelots l'avaient découvert
presque mort dans une décharge d'ordures du
port.

Chassignet avoua à Odile Fresneau que depuis les confidences d'Abou Bakr, il redoutait
quelque chose dans ce genre.

— J'ai plus ou moins décidé de me retirer
quand j'ai compris que votre frère était seul responsable de sa disparition.

— Je vous remercie, monsieur Chassignet, car je sais que vous resterez discret. Retournerez-vous à Assouan ? Soyez prudent ! Je ne doute pas que mon frère soit mort et qu'il ait volontairement mis fin à ses jours. Comment ? Si vous découvrez la vérité je sais que vous n'en parlerez jamais qu'à moi seule.

Chassignet refusa de visiter la chambre de Denis. Avant de quitter la sœur, il l'attira dans ses bras et l'embrassa longuement. Il fut surpris par la simplicité et la confiance avec lesquelles elle s'abandonna. Ce fut un baiser voluptueux et raffiné d'une intensité si crispante que Chassignet en éprouva des vertiges. Il se détacha lentement et s'appuya d'une main contre le mur pour reprendre souffle. Quand il releva la tête, Odile le fixa avec tendresse.

— En m'embrassant, vous pensiez à Denis, n'est-ce pas ? Vous n'êtes pas obligé de me répondre. Quels étaient au juste vos sentiments envers mon frère ? Est-ce que vous l'avez embrassé ?

— Non, je n'ai jamais embrassé votre frère. Quant à mes sentiments, je ne sais pas exactement quelle en était la nature. Admiration ? Fascination ? Curiosité ? Désir ? Un peu tout ça, sans doute. Vous me paraissez bien plus perspicace que moi-même. Mes relations avec Denis étaient amicales et épisodiques. Et, cependant, si je considère les événements d'Assouan, je dois reconnaître que jamais je ne m'étais fourvoyé dans une entreprise aussi folle et dangereuse pour qui que ce soit.

Quelques semaines plus tard le facteur lui porta une lettre postée de Rome :

« Mon cher Chass,

Je donne cette lettre à ma femme qui repart pour Rome. Je ne voulais pas la poster d'ici. Khaled est venu me voir. Il a retrouvé le villageois qui avait permis à son frère de connaître la vérité. Tiens-toi bien : Versenna est mort dans la maison de Meryem ! Son cadavre est enterré dans sa cour. Je t'en supplie, si jamais tu reviens à Assouan pendant mon absence, sois prudent ! À toi fraternellement, Claudio. »

— Laroque ! Préparez mes bagages ! Je retourne en Égypte par le premier avion.

XIX

Un vol Égyptair le déposa directement à Louqsor. Il trouva sans mal un taxi pour Assouan. À l'hôtel on lui fit fête.

— Deux fois cette année ! Tu ne peux plus vivre loin de nous, Jamouss ? lui demanda le valet de chambre fleuriste.

— Je ne resterai pas longtemps. Il fait trop chaud.

C'était la mi-mai. En France « Saucisse de ménage » et « Kirsch fantaisie » jouaient à quitte ou double. Chassignet était ravi d'échapper à la campagne des législatives anticipées. Laroque, en socialiste croyante et pratiquante, faisait chaque mois son pèlerinage à La Mecque avunculaire de Château-Chinon, et prédisait un retour en force de la gauche.

— Pour une fois, j'espère que tu iras voter. Si tu penses ne pas revenir à temps, laisse-moi une procuration !

— Ne vous affolez pas, Mimi, je serai rentré

à temps et bien obligé de fêter avec vous les succès de vos amis socialistes.

— Tu n'es qu'un vaurien. Tu ne crois en rien. Si comme moi dans ta jeunesse tu t'étais battu dans le maquis pour la liberté.

— Ça va Mimi, épargnez-moi vos souvenirs d'ancien combattant !

— Tu n'as pas honte, Chassignet ? Tu préfères sans doute les tiens, tes saloperies de légionnaire...

— J'étais jeune et bête, Mimi. D'ailleurs je n'avais pas le choix : c'était ou la Légion ou le parricide. Vous vous en souvenez parfaitement.

— Oui, je m'en souviens. Et aujourd'hui tu en redemandes. À l'âge où les briscards ne reprennent du service que pour découper une dinde ou un gigot ! Ça ne me plaît pas, tes expéditions égyptiennes, ne fais pas le matamore. S'il t'arrivait malheur, je ne m'en remettrais pas.

— Mon testament est en ordre. Ne laissez pas mes crétins de neveux fouiller dans la bibliothèque et enterrez mes cendres dans le parc, là où reposent tous mes chiens.

C'était rituel. Chaque fois que Chassignet prenait l'avion, il improvisait avec sa gouvernante une saynète tragi-comique sur les catastrophes aériennes, les bombes terroristes, les tremblements de terre, les prises d'otages, les épidémies, naufrages, coups d'État et autres distractions proposées à ceux qui ne savent se contenter des roses de leur jardin. Ce vaudeville durait depuis des années, mais les amusait encore.

Le système d'air conditionné de la chambre 240 étant vétuste, bruyant et totalement inefficace, Chassignet ne s'attarda pas. Il n'avait jamais séjourné ici en cette saison. Ce n'était plus tout à fait sa chambre. Il s'y sentit dépaysé. Et pourtant le parquet vernis grinçait toujours au même endroit, la chasse d'eau continuait de fuir un peu, la prise de courant de la table de chevet n'était toujours pas réparée, les garçons de chambre étaient les mêmes, les femmes de ménage aussi, mais Chassignet éprouvait un curieux malaise. Comme si l'histoire d'amour était finie, comme s'il n'était plus chez lui et que quelqu'un d'autre en son absence avait pris possession du lieu.

Il se rinça à l'eau froide, enfila une galabiyah légère et s'engagea sur la corniche. En parcourant la ville il eut le même sentiment que dans sa chambre, comme si Assouan le trahissait, ne le reconnaissait plus. C'était le début de l'après-midi, l'heure la plus accablante de la journée. Le quai et les terrasses de cafés étaient presque déserts, Chassignet n'y croisa aucune figure connue.

Il frappa à la porte de Meryem sans respecter le code dont ils avaient convenu.

— *Min*[1] ?

— *Ana, el Jamouss*[2] !

— *Rouha ! Mich aïs achouffac tani*[3] !

— Ouvre-moi Meryem ! Ouvre cette porte tout de suite ! Il faut que je te parle, c'est une question de vie ou de mort.

— Bon, entre vite ! Quelqu'un t'a vu ?

— Non, d'ailleurs personne ne sait que je suis revenu à Assouan. Je suis heureux de te savoir de retour toi aussi. Tu avais disparu en mars.

— Que reviens-tu faire ici ?

Chassignet prit la jeune femme par les épaules, la plaqua contre le mur en la fixant droit dans les yeux.

— Ça suffit Meryem ! Tu m'as viré en février dernier et tu as disparu. Ton amant policier a envoyé un tueur à mes trousses dans les oasis, il a fait assassiner Abou Bakr, il a tenté de m'intimider en agitant le tueur devant moi au café. Il a ensuite fait tirer une balle sur ma terrasse. Abou Bakr avait découvert la vérité sur la mort de Denis, le pianiste français. Aujourd'hui, moi aussi, je la connais, la vérité. Versenna est mort

1. Qui est-ce ?
2. C'est moi, le Jamouss !
3. Va-t'en, je ne veux pas te revoir !

chez toi, Meryem. Et tu vas me raconter toute l'histoire dans les moindres détails ! Je ne suis pas flic, mais je me sens tout à fait capable de te faire parler.

— Jamouss, lâche-moi ! Si jamais tu as éprouvé le moindre sentiment d'affection pour moi, je te conjure de me laisser et d'oublier tout ça !

— Meryem, je ne plaisante pas. Je ne suis revenu en Égypte que dans un seul but : te faire avouer, et tu parleras, crois-moi.

— Toi aussi, tu me menaces ?

— Meryem, pourquoi n'as-tu plus confiance en moi ? Je vois bien que tu es terrorisée. C'est Abd el-Fatah ?

— Bien sûr que c'est Abd el-Fatah ! Il va me tuer s'il apprend que je t'ai revu.

— Il est à Assouan ?

— Non, pas cette semaine. Mais s'il découvre que tu es là, il va revenir aujourd'hui même.

— Meryem, je connaissais Denis Versenna. Que s'est-il passé ici ? Comment est-il arrivé chez toi ?

— Il est venu ici comme toi la première fois.

— Zacharia, le taxi ? C'est ce proxénète qui te l'a envoyé ?

— Oui ! Je ne peux rien refuser à Zacharia.

— Comment, tu ne peux rien refuser à Zacharia ? Tu lui appartiens ?

248

— En quelque sorte ! Zacharia est une créature d'Abd el-Fatah !

— Un indic ?

— Peut-être même un peu plus. Un homme de main, un rabatteur ! Ce type est un scorpion. J'ignore comment il a réussi à convaincre le pianiste.

— Mais quel rapport avec Abd el-Fatah ? Tu es la maîtresse du flic. Pourquoi t'enverrait-il d'autres hommes ? Je suppose qu'il est jaloux, non ?

— Jamouss, ce type est un monstre ! Un malade !

— Versenna était un malade. Ça je l'ai découvert depuis que j'enquête sur sa mort. Mais le flic ? Pourquoi le flic ? Pourquoi le traites-tu de malade, lui aussi ?

— Parce qu'ils sont fous tous les deux. Pourquoi le destin a-t-il fait rencontrer ces deux êtres ? Je suis maudite, je n'en peux plus, Jamouss. J'aimerais être morte.

Chassignet relâcha la pauvre fille qui s'effondra en larmes à ses pieds. Tendrement il la prit dans ses bras et la déposa sur le lit. Il songea à tous les moments de bonheur qu'il devait à Meryem depuis tant d'années et réalisa que jamais, durant toute son existence, il n'avait connu une liaison aussi durable. Elle était assise sur le lit, recroquevillée dans le coin du mur, comme une proie épuisée par la meute. Elle leva sur Chassignet des yeux désespérés et tendres.

— Ô Jamouss, laisse-moi ! Il faut que nous nous quittions pour toujours.

C'était une toute petite voix, suppliante, presque éteinte. La mémoire des âmes sensibles est encombrée d'une foule de références déchirantes. Billie Holiday hantait depuis toujours celle de Chassignet.

Aux périodes particulièrement pénibles de son adolescence, il s'abîmait des jours entiers dans les mélodies les plus sombres de cette interprète des misères du monde et des malheurs de l'amour. Pendant des années il avait voué à Billie Holiday un amour fervent, fanatique. Chez toutes les femmes noires qui ont accepté de le cajoler depuis ce temps-là, il a toujours cherché à trouver quelque chose de Billie. Et c'était la voie étouffée de Billie qui lui parlait maintenant : … *Blood on leaves… black bodies swinging… smell of burning flesh… I cried for you… You better go now… Don't explain…*

— Meryem, tu dois te confier à moi. Tu ne peux plus garder cette horreur pour toi seule. Je t'aime, Meryem. Je ne t'ai jamais dit que je t'aimais, je veux t'aider, te protéger.

— C'est trop tard, tu ne peux plus rien pour moi. Je suis damnée.

— Que s'est-il passé quand Versenna est venu chez toi ?

— Abd el-Fatah était dans la maison. C'est lui qui a tout combiné. Il m'a forcé à recevoir le pianiste et à coucher avec lui.

— Il était présent ?

— Non, il s'était caché à la cuisine. Il a surgi tout à coup, comme un fou furieux, pendant que le Français était sur moi… il était nu et tenait un revolver dans sa main. Il s'est jeté sur nous… il a appuyé son arme sur la nuque de Versenna et l'a violé, brutalement. Ensuite il l'a frappé au visage avec son arme. J'ai cru qu'il l'avait tué. Il a continué de le rouer de coups. Versenna saignait du front et du nez. Le policier trempait ses mains dans le sang et les essuyait sur mon ventre, mes cheveux et mes seins. J'ai pensé qu'il avait complètement perdu la raison… un boucher ! … Il bandait et poussait d'horribles grognements… J'étais morte de frayeur… Il s'est badigeonné la queue avec le sang et m'a violée brutalement. Quand il est parti, il a fait entrer Zacharia et lui a ordonné de jeter Versenna près de son hôtel.

— C'était donc ça ! se dit Chassignet en se rappelant le récit d'Abou Bakr.

— Je n'ai pas eu de nouvelles pendant plus d'une semaine. Versenna était parti vers les oasis avec Abou Bakr. Abd el-Fatah n'a pas reparu non plus. Je n'osais plus quitter la maison, j'étais terrorisée… Un soir le pianiste est revenu. J'ai refusé de lui ouvrir ma porte. Il m'a suppliée, m'a offert de l'argent… Je ne comprenais pas comment il osait revenir ici… Je me suis enfuie dans la nuit, sans savoir où aller. Je n'ai pas de famille, pas d'amis. J'allais prendre un train pour n'importe où… je voulais me cacher en attendant que le pianiste quitte l'Égypte. À la gare j'ai été arrêtée par un homme que je ne connaissais pas. Il m'a donné l'ordre de le suivre sans faire de scandale.

— Comment était-il ?

— Jeune, très costaud, avec une tête de voyou.

— C'est un lieutenant d'Abd el-Fatah. C'est lui qui a égorgé Abou Bakr.

— Il m'a ramenée ici et battue en menaçant de me tuer si je quittais encore le village. Quelques jours plus tard, ils sont revenus en pleine nuit.

— Qui ?

— Ce type, Abd el-Fatah et le pianiste. Il était très tard, c'était le soir de la fête musulmane… Ils ont déshabillé le Français, et l'ont encore roué de coups. Il ne disait rien et se laissait faire. La jeune brute a arraché mes vêtements… Ils nous ont jetés tous les deux dans la cuisine…

— Et puis ?

— Jamouss, je ne peux pas !

— Que s'est-il passé ?

Meryem fut prise de convulsions.

— Non, je ne peux pas. Ne m'oblige pas à revivre cette nuit d'horreur ! Le pianiste est mort… Je suis damnée.

— Comment est-il mort ?

— Je suis maudite à jamais, laisse-moi…

— Qui l'a tué ?

— C'est moi, c'est moi, c'est moi qui l'ai tué, va-t'en, Jamouss !

— Toi ? Mais comment, toi ? Pourquoi ?

— Le couteau… Abd el-Fatah voulait encore du sang ! Le jeune type maintenait le pianiste sur moi… Ils le frappaient sans arrêt, le policier s'est déshabillé… Il l'a violé pendant que l'autre le tenait… il a mis le couteau dans ma main… "Égorge-le, égorge-le !" criait-il. Abd el-Fatah a enfoncé son revolver dans ma bouche… L'autre a pris ma main qui tenait le couteau et m'a…

— Arrête, Meryem, arrête ! J'ai compris

— Ils l'ont enterré dans la cour.

— Abd el-Fatah savait que j'étais venu pour enquêter ?

— Oui ! C'est pour ça que je t'ai chassé… Il m'a ensuite envoyée loin d'ici dans un village, chez un frère de son lieutenant qui m'a gardée jusqu'à ton départ. Va-t'en, Jamouss, ne reviens plus jamais ! Tu ne peux plus rien, ni pour

Versenna ni pour moi… ils te tueront, comme ils ont tué Abou Bakr.

Quand Chassignet se retrouva au débarcadère de la corniche, il faisait nuit. Il évita le café, se précipita dans un taxi et se fit conduire à El-Esba, le village d'Abou Bakr.

— Tu sais tout maintenant ?

— Oui, Khaled, j'ai vu Meryem. Mais toi, tu dois te taire et vivre comme si tu ignorais tout. Comment va ta mère ?

— Elle est en vie, elle fait semblant d'être en vie ! C'est toi qui nous a envoyé cet argent ?

— Quel argent ?

— Que Dieu te bénisse, Claude !

Le lendemain Chassignet prit le premier avion pour Le Caire. En attendant la correspondance pour Paris, il envoya à l'agence Eastmar une carte postale rédigée en arabe destinée à Claudio : « Merci. Je sais tout. Tout est fini maintenant. À bientôt, *inch'a Allah* », sans signature.

Épilogue

L'été fut superbe dans le Morvan et l'automne prodigue en cèpes, en bécasses et en perdreaux. Les vendanges ont été bonnes, les premières gelées ramollissaient les nèfles et les fruits des églantiers. Mimi Laroque, dopée de bonheur depuis le retour d'un gouvernement de gauche, avait battu son record : cent quarante pots de confiture. Épaté par de telles performances Chassignet décida de lui laisser ses illusions.

Un matin, parmi le courrier, il trouva un luxueux catalogue de vente de livres : *Bibliothèques D. V. Poètes français des XVIe et XVIIe siècles*. Il n'eut aucun mal à mettre un nom sur les initiales. Le recueil de Jean-Baptiste Chassignet ne figurait pas au catalogue. Quelques jours plus tard le facteur lui remit un paquet posté de Fleurance. Il était accompagné d'un billet : « Cher Claude Chassignet, mon frère aurait sans doute aimé que ce volume aille chez vous. Pardonnez-moi d'avoir tardé à répondre à la lettre que vous m'avez envoyée cet été. Je vous suis très reconnaissante de ne pas avoir révélé les événements d'Assouan. Si un jour vous revenez dans le Gers, sachez que la grille de la vieille maison sera toujours ouverte pour vous. Je vous reverrais avec infiniment de plaisir. Avec ma gratitude recevez l'assurance de mes sentiments les plus chaleureux, Odile. »

Le volume renfermait une photographie que Chassignet connaissait, celle de Versenna et d'Abou Bakr devant la cité des morts de Bagaouat.

Peu avant Noël Chassignet reçut un appel de Claudio.

— Mon cher vieux Chass ! Ça y est, j'ai définitivement quitté la Nubie. Je suis rentré à Rome. Certains événements ont précipité mon départ.

— Que s'est-il passé ?

— Meryem est morte, peu de temps après ton départ.

— Meryem, morte ?

— Oui, égorgée par des fanatiques !

— Je vois !

— Zacharia aussi a été retrouvé égorgé, tout comme le jeune lieutenant, saigné à Farafra !

— Et Khaled ?

— Khaled va bien. Grâce à l'argent d'un bien-

faiteur, il a été opéré une seconde fois, avec succès. Il ne boite plus. J'ai dîné chez eux avant
mon départ. La mère m'a chargé de te trans-
mettre ses remerciements et ses bénédictions.

— Et Abd el-Fatah ?

— Il n'est plus à Assouan. Il occupe maintenant un poste important au Caire !

— *Allahou Akbar !*

— Quand viens-tu à Rome goûter mon barolo ?

— J'attendrai que tu sois redevenu complètement italien. Je suis sûr que tu es encore en
galabiyah.

— Ah oui ? Comment le sais-tu ?

— *Oua ana noubi, chouaïa*[1] ! Moi aussi je suis
en galabiyah. Et je fume le narghileh devant ma
cheminée.

Chassignet rêvait devant la photographie de
la cité des morts. Le *khamsin* brûlant qui souffle
du désert avait depuis longtemps effacé les
traces de tous leurs pas. Denis, le beau sourire
d'Abou Bakr, les larmes sur le visage de Meryem,
le sang des bourreaux, il ne resterait bientôt rien
de cette sombre histoire. Leurs images se fane-

1. Moi aussi je suis nubien, un petit peu !

ront comme cette photographie. Chassignet ouvrit délicatement le précieux volume :

Une horreur de soy-mesme, un souhait de sa mort,
Un mespris de sa vie, un gouffre de remords
Un magasin de pleurs, une mer de tempeste...

DU MÊME AUTEUR

LES POÈTES NÉO-LATINS EN EUROPE DU XIe AU XXe SIÈCLE. BIBLIOGRAPHIE, *Manoir de Pron*, 1988

LOUISE MICHEL. LÉGENDES ET CHANTS DE GESTE CANAQUES. PRÉSENTATION. *Éditions 1900*, 1988

LES FASTES DE BACCHUS ET DE COMUS OU L'HISTOIRE DU BOIRE ET DU MANGER EN EUROPE, DE L'ANTIQUITÉ À NOS JOURS À TRAVERS LES LIVRES, *Belfond*, 1989

UNE BIBLIOTHÈQUE BACHIQUE, *Loudmer*, 1993

AUGUSTE POULET-MALASSIS. UN IMPRIMEUR SUR LE PARNASSE. SES ANCÊTRES, SES AUTEURS, SES AMIS, SES ÉCRITS, *Manoir de Pron*, 1996

NIL ROUGE, roman, *le cherche midi éditeur*, 1999, prix René-Fallet 2000 (Folio n° 3426)

PERA PALAS, roman, *le cherche midi éditeur*, 2000

COLLECTION FOLIO

Composition Nord Compo.
Impression Société Nouvelle Firmin-Didot
à Mesnil-sur-l'Estrée, le 20 septembre 2000.
Dépôt légal : septembre 2000.
Numéro d'imprimeur : 52302.

ISBN 2-07-041016-1/Imprimé en France.